正青春阅读文丛

成长故事

青春是一阵
呼啸而过的风

《读者》（校园版）
编辑部◎编

甘肃文化出版社

图书在版编目（CIP）数据

青春是一阵呼啸而过的风 / 《读者》（校园版）编辑部编. -- 兰州：甘肃文化出版社，2022.11（2024.4重印）
ISBN 978-7-5490-2536-7

Ⅰ.①青… Ⅱ.①读… Ⅲ.①故事－作品集－中国－当代 Ⅳ.① I247.8

中国版本图书馆CIP数据核字 (2022) 第138880号

青春是一阵呼啸而过的风

QINGCHUN SHI YIZHEN HUXIAOERGUO DE FENG

《读者》（校园版）编辑部 | 编

总 策 划 | 宁　恢
策划编辑 | 杨　洁　李弘毅　赵　静
责任编辑 | 顾　彤　王　俊
装帧设计 | VIOLET

出版发行 | 甘肃文化出版社
网　　址 | http://www.gswenhua.cn
投稿邮箱 | gswenhuapress@163.com
地　　址 | 兰州市城关区曹家巷 1 号 | 730030（邮编）

营销中心 | 贾　莉　王　俊
电　　话 | 0931-2131306

印　　刷 | 武汉安捷印刷有限公司
开　　本 | 889 毫米 × 1194 毫米　1/32
字　　数 | 200 千
印　　张 | 7.625
插　　页 | 4
版　　次 | 2022 年 11 月第 1 版
印　　次 | 2024 年 4 月第 4 次
书　　号 | ISBN 978-7-5490-2536-7
定　　价 | 38.00 元

目　录

勇敢地去追赶青春的光芒，
去奔赴心之所向的远方

体育那道光

湫 女

赛前，张教练眼神坚定，队员们一个个眉头紧锁，没有人敢松懈。这是赛季中最重要的一场比赛：省联赛八进四，只要打进四强，球队将分得3个"二级"运动员晋级名额。

"国家二级运动员"是体育特长生高考的敲门砖。如果获得这一证书，即使文化课成绩只达到专科录取分数线，他们也有机会进入"双一流"名校。

对叶知秋来说，这场比赛绝对重要，但谁也想不到，这将是他的告别演出。叶知秋接过队友的传球，杜淼给他挡拆，被对手识破！叶知秋突然身体摇晃一下，重重地摔倒在地，篮球正好落入对方手中，奇迹没有发生……

就在这次比赛之后，高二的叶知秋退出了校篮球队，甚至办了休学手续，没有人知道发生了什么。而我，在叶知秋离开之后，接替了他的队长之位。

1

我没有叶知秋的篮球天赋，却是球队中唯一靠文化课成绩考上重点高中的人。

我从小学四年级开始练球，家人却并不认可，他们更喜欢用"玩球"来形容我的训练。为了得到家人的支持，我不得不立下豪言壮语："你们放心，我练球也能考上重点中学！"

我在球队中逐渐成为顶梁柱，也是赛场上的核心。虽然我身高只有1.85米，身材也算不上健硕，但骨子里那股不服输的劲儿，得到了教练的充分认可。我把全部精力都投入篮球训练，课堂上就变成一只瞌睡虫。

班主任邱老师身材瘦小，看起来平平无奇，但发起脾气来没人挡得住。

可我偏偏不信邪。

"你也就在篮球队算个人物了吧？"有一天邱老师终于忍不住，嘲笑似的对我说，"你不好好抓学习，难道还想当姚明？"

我听了又气又恼，随手把数学笔记本狠狠地向地上砸去。

脾气火暴的邱老师没有大发雷霆，而是忍住怒火放了我一马。之后我才明白，她的策略是对我开启"彻底放弃"模式。

很奇怪，再也不会因训练而被邱老师训斥，我却感到满满的失落。我的学习成绩下滑明显，在篮球场上我也逐渐力不从心，这样的日子像噩梦般缠着我。

被称为"亚洲飞人"的短跑运动员苏炳添说："体育需要固执的

人，别人说你不行，你就不做了吗？"

体育带给我的不仅是强健的体魄，还有不服输的品格。为了考上重点高中，也为了挤出时间参加比赛，我必须学会高效地安排时间，在学习与打球之间找到平衡。

邱老师明显感受到了我的努力与付出。

一次球赛结束之后，她给我发来一段视频。视频是用手机拍摄的，画面在不停地晃动，被拍到的同学们有的乐呵，有的羞涩，有的故作严肃，他们都在祝贺我的成功。听着邱老师在画面外说的祝贺词，我的眼睛湿润了……

2

高二刚开学，在赛场上一直生龙活虎的叶知秋突然发现自己偶尔会感觉没有力气，常常出现类似感冒的症状，甚至每隔几周发一次无征兆的高烧，身体日渐衰弱。

"老叶，你这球打得是越来越软了啊！"

"好好训练，别说这些没用的。我会好好训练的！"

听到他人不时地质疑和议论，叶知秋有时也会难以接受，实在受不了的时候，他就会跑出球馆透透气。

这么多年了，叶知秋还是第一次想要放弃，但他没有和教练说，更不会和队友说，他只能回家向父母诉苦。而父亲也不知道到底是什么导致他丧失决心，只知道他总是抱怨累，身体也日渐衰弱。

"白血病早期，早点儿治疗还有机会，孩子身体还好，不要丧失信心……"叶父已经听不清医生的话语了，心脏仿佛停止了跳动。

医生并不建议叶知秋继续训练，因为即使是白血病早期，对生理机能的破坏依然巨大。经过激烈的讨论，叶知秋说服了父亲对其他人保密，继续训练，直到省联赛结束。

能够战胜自己，才能够战胜病魔。

小组赛三战全胜，叶知秋并没有表现得多么抢眼，但凭借队员们的齐心协力，球队还是顺利晋级。

接下来的淘汰赛本应是叶知秋的舞台，可他总是感觉力不从心，虽然每次都拼尽全力，但关键时刻仍然需要队友挺身而出。

比赛一开始，叶知秋就手感火热，连中两记三分球。然而到了第一节的后半段，他开始感到疲惫，是可以列入身体异常的那种。教练见势不妙，把他换了下来。

他看向熟悉的南看台，那是家长所在的地方。他的父亲正表情凝重地看着他，母亲也非常紧张。他急忙换了一副表情，露出一个饱满的微笑，顺带还向教练竖起大拇指，示意自己没问题。

第二节和第三节比赛，他拼尽全力也只能让比分不落后，队友不断的鼓励给了他撑下去的动力。

"老叶体能跟不上了，咱们先专注防守，给他留点体能进攻吧。"杜淼号召队友为叶知秋创造机会。

就这样，第四节的前6分钟，叶知秋在紧张的观赛中度过。每一次拼抢，每一个犯规，甚至每一声呐喊都被永远刻在他16岁的脑海中。

"都是一个肩膀扛一个脑袋！谁怕谁！给我干！"张教练的名言在如此关键的场合再次出现。杜淼没有笑，我也没有笑，叶知秋更不会笑。紧接着，叶知秋用有生以来最专注的6分钟完成了这场比赛。

没有人愿意留下遗憾，但赛场是最容易留下遗憾的地方。叶知秋没有成为那个逆转局面的人，反而成了罪人，成了大家口中那个自负的队长。

3

在高二将要结束时，我为进入重点班而拼尽全力学习，压力陡然增加。更何况初三时要不是我成绩优异，家人可能早已将我的篮球梦扼杀。

我明白这一点，所以上高三后并没有强求继续练球。我打算把队长的接力棒交给杜淼。

杜淼有着 1.95 米的大个子，四肢修长，肩宽腰细，是典型的运动员体型。在篮球场上，他才是真正"天赋异禀"的存在。

"杜淼，你是不是想挨揍了，你不好好练球还带着新人瞎玩?""你听我说嘛，我先和队友搞好关系，方便你管理，我也能帮上忙不是?"杜淼又开始要嘴皮子，我也无可奈何，我知道球队的风气又将一如从前。

我们学校作为知名中学，只要高考成绩亮眼就行，并不会太在乎篮球队的风气，也不太在乎体育特长生的成绩。

但我一直不清楚，究竟是什么阻碍了这些体育特长生的成长，是他们都自甘沉沦和堕落吗?

"你们几个也就只能在这里逞能了!"教学主任这句话并非对我所说，但显然是对这几个体育特长生的严厉批评。残酷又真切的话语像刀子扎向我的队友，也扎向我的心。

我总算明白了，到底是什么阻碍了体育特长生们。正如电影《哪吒之魔童降世》中申公豹的那句台词："人心中的成见就像一座大山，任你怎么努力也休想搬动。"

确实，我也看到过不止一次，队友们那么努力地听讲，希望获得老师对他们的认可。可现实是什么呢？队友们被特招进来时文化课底子就很薄弱，加之被学校有意无意地轻视，只要你的天赋稍微差一点儿，老师和同学就会觉得你根本不可能靠学习有出路。

几乎所有打篮球的体育生都认为，只有打球才有出路，但能够称为"出路"的球赛，你能保证你一定能赢吗？

杜淼无疑是幸运的，他一度入选省队青年预备队。经过专业教练的一番指导，他的球技突飞猛进。

最终，他带领校队冲进省赛四强，稳稳地拿到了"国家二级运动员"证书，来年的高考，他打算报考体育教育专业。

今年暑假，校队的3届队长重新聚在一起。

"老叶，我真替你不值，你这两年很难受吧？"杜淼忍不住发问，"错过了高考，你打算复读吗？"

"复读就算了吧，病好不容易才好。工作已经找好了，在朋友的一家篮球训练营当教练，收入还不错。我爸说了，将来我也可以开一家，自己当老板。"

我突然想起叶知秋说过的话："就算生病，就算不被人理解，就算天赋不够，我也不会放弃。我选择了体育，我就要成为自己的骄傲。"

不知道他是否还记得这句话，只希望他曾经的理想不要被现实击得粉碎。

被问起学习成绩，我吐了吐舌头："我的期末考试成绩在年级排名前十，吃过运动的苦，学习的那点苦算什么啊！"

"放弃了吗？"叶知秋没有看向我，故意抬头看向别处。

"当然不会放弃，我打算学体育新闻……跟你们一样，搞一辈子体育。"我使劲拍着胸脯，像在说给他们听，其实是说给自己听。

"要不要参加下个月的三人篮球赛？"杜淼端起杯子，我们的杯子里没有酒或饮料，只是矿泉水。对运动员来说，身体才是最重要的，自律是我们的必修课。3只杯子重重地碰在一起，发出清脆的碰撞声。

三人篮球赛虽然只是业余篮球赛，但是，对热爱运动的体育生来说，比赛不分大小，上场后必会全力以赴。

做体育特长生的日子，再难也过得快乐，因为心中总有体育那道光。

谢谢你，为我点了一盏月亮

叶繁花

从村子转学去县城那年，我被班里的同学孤立了。那时我穿着姐姐穿剩的过时衣服，脚下踩着一双花布鞋，皮肤黑黝黝的，说话也慢吞吞的。刚开始我觉得同学们只是不愿意和我说话，后来无意中听到两个同学在上学的路上喊我"乡巴佬"时，我才意识到他们对我的恶意。

在那之后，我在班级里几乎没有说过话。本以为这样就会相安无事，可那天班主任在讲台上宣布演讲比赛需要一个男生和一个女生组队搭配练习时，我就知道将有一场暴风雨降落在我身上。

按照名单分配表，那天体育课，男生和女生站在了一起。和我一组的是余洋，他在班里的人缘很好。排队站好，余洋便转过头毫不掩饰地瞪了我一眼。我面无表情，心里却隐隐地难过起来。拿到演讲稿，开始两个人的自行练习后，同学们瞬间喧闹起来，我看到前排有两个女生转过头对着余洋做鬼脸，嘴里说着："活该。"

余洋气不过，开始挑我的毛病，说我吐字不清，说我读得太慢，说我没有感情。再往后，我读到倒数第二句时，余洋干脆扯过我的演讲稿撕成了碎片，末了还嫌弃地瞪了我一眼说："乡巴佬。"

余洋的动作很快，我一时间不知道该做出什么反应。同学们三五成群地聚在一起，有的在笑我，有的对着余洋竖起大拇指。那一刻，站在人群中，我感觉自己像一个被世人嘲笑的小丑。

刘宇就是在那一刻从人群中站出来的，他一把扯过余洋的演讲稿也撕成了碎片。余洋愣在原地，一脸不可置信地看着刘宇。我听见人群中有人小声说："又来一个乡巴佬。"

刘宇立刻转过头冲着那人喊了一句"我看你才是乡巴佬"。那人噤了声，余洋也有些害怕了，可还是壮着胆子小声说："你凭什么把我的演讲稿撕了？"刘宇回头指了指我："那你凭什么把她的演讲稿撕了？"这回余洋没再说话。

那天放学，我是和刘宇一起离开的。路上，我还在想着感谢的话，刘宇却先开口了："我挺理解你的感受的。"我疑惑地抬起头，他继续说："我刚转学到班上的时候，他们也总给我起外号，孤立我，针对我，但我才不受欺负呢。其实你不用害怕，你又没有做错事情。你越胆小，他们就越欺负你。"

或许是因为刘宇帮我壮了胆，那天之后，班上很少有人再嘲讽我了，偶尔有些闲言碎语，我也不再像以前那样卑微和胆小了。走路的时候，我开始抬头挺胸、目视前方，上课的时候也开始主动举手，大声回答问题，不再缩手缩脚。

中考结束后，我就没有再见到过班里的同学。去一中报到的那天，我在校门口碰见了刘宇，本想着为之前的事道谢，没想到刘宇已经不记得了。我耐心地给他讲完那天的事情，刘宇只是笑着说了句：

"举手之劳的小事，我早就不记得了，你也不用放在心上。"我点了点头，一时间不知道该和他说些什么。

刘宇不知道，如果不是他的挺身而出，恐怕我会一直躲在黑暗的角落里独自哭泣。刘宇，谢谢你的勇敢，谢谢你在深夜里为我点了一盏月亮，让我有勇气抬头望向青春里的星光。

住在声音里的彼得·潘

潘云贵

你见过天将破晓时半明半暗的曙色吗？我见过。

在高一那年的冬天，冷风刮过宿舍楼道，未被关上的窗户在风中作响。楼道里除了我，没有别人。我对着清晨寒冷的空气，念着《哈姆雷特》中的一段台词。这是我进行的第十五次练习。下午，学校的话剧社将进行演员选拔，我喜欢的人也会参加。

我期待自己和对方都能被选中，最后一起登上舞台，让镁光灯照亮我们，让台下的人都能看到我们的表演，祝福我们。

这些念头成为那段时间我心脏跳动的全部意义。我忍受寒冷和孤独，任面颊冻得通红，声带不断被磨损，依然执拗地念着书中的台词。我告诉自己千万要加油，这样才有机会穿越人海，自信地站在她的面前，望向她眼中的银河。

但很快，现实就将我拒之门外，而她进了门，正跟被选中的男主角一道排演。

我无法忘记自己在发出第一个音后，话剧社社长将我打断的情景，他带着笑，跟我说："你不适合，你的声音只能演小孩，哈姆雷特这种历经沧桑的角色，需要成熟的音色。"他一语落地，众人不禁跟着笑。我低着头，从人群中走出来，走到学校的一处角落，见无人，便哭起来，胃都在跟着抽搐。

我留恋青春期抵达前的所有时光，在没有特别区分性别的岁月里，我可以大胆地牵着女孩的手做游戏，可以穿着姐姐的"恨天高"在家附近神气地晃荡。当然，在那时没有人会觉得我的声音有问题。相反，我还嘲笑某些提前发育的男孩声音沙哑，像鸭子"嘎嘎"的叫声。

到了小学五年级，因为我的声带比一般男孩的短薄，发出的声音格外清亮，再加上学习好，各科老师都很喜欢我。语文老师把我推荐到学校广播站，我成了广播站唯一的男播音员。

在广播站，我很快找到了声音带来的快乐。我模仿电视台主持人，拿腔拿调地朗读各种文章，有时捏着嗓子，有时又故作低沉，完全沉浸在自己的声音构建的世界里。这样的播音生活一直延续到了初三。在此期间，我不但没有受到任何非议，反而得到很多人的赏识、表扬。

直到中考前的一次播音结束，我才突然意识到自己声音的问题。那天我像往常一样走进学校广播室，按下话筒，朗读了一篇感人至深的亲情类文章。我读着读着，眼泪都要浸透桌上的广播稿了，心想一定会有同学听到广播后被感动得痛哭流涕，晚饭都没法咽下。想到这里，我心中很有成就感。

结束播音出来时，我见到两个男生一边看着我、一边窃窃私语。

"看到了吧，是个男的，刚刚那篇文章就是他读的。"

"真不敢相信他的声音是那样的。"

"你自己也看到了，从广播站出来的没有其他人了，你输了，必须请我吃饭！"

我觉得自己像是受到了羞辱，难堪地走掉了。

那个晚上，我没再开口说话，一个人绕着操场跑了很多圈后，我用双手撑着膝盖气喘吁吁。周围有人跑过，我怕自己喘气的声音被他们听见，便使劲儿憋着。

之后，我越发觉得自己是被岁月遗忘的孩子，它只是增长了我的年龄，却忘了塑造我的声线，让它还停留在昨天。我开始越来越不敢开口跟别人说话，怕他们讨论我，怕他们嘲笑我。

直到高一的时候，我遇到同学L——一个声音温柔甜美、喜欢朗读课文的女生。每次她一念字句，都让人感觉像海风吹来。

她想去演话剧，我便想跟着。谁知结果不尽如人意，我沮丧极了。

后来我遇见G。话剧社演员选拔那天，我离开现场后，他专门从话剧社跑出来找我，见我在哭，便跟我说："你的声音很好听，非常干净，我个人很喜欢，想找你去广播站播音，不知道可以吗？"

我原本已经放弃了当播音员的想法，G的出现给我带来了一丝希望。我想出一口气，对着话筒大声喊出自己的名字，让那些否定过我的人听见。我需要让他们知道，我并没有被他们的目光和嘲笑击垮。于是我擦干眼泪，对G点了点头。

G长相清秀，仿佛周身带着光，一笑岁月就明亮起来。于是，我黯淡难过的时光有了G的陪伴。他的声音比我的好听太多，有些少年老成的沧桑，是我期待的长大后能拥有的音色。他吉他弹得很棒，每次班级表演节目，总少不了他。

进入高中广播站一段日子后，我深知自己的播音水平非常一般，但 G 总在鼓励我。他说我的嗓音清亮，让我"不要刻意压低声线，隐藏自己身上的独特性，那正是我们记住你的地方"。我永远忘不了在一次播音结束后，他对我说的这段话，像穿越人海的星光落在我的肩上。

如今，我的同龄人大部分已经陷入生活的泥沼，被俗世灌入太多的烟火气，声音不再如昨。而我的声音还如年少时那般青涩。从前被厌恶过的声音成了讲台下的学生喜欢我的一个原因，读者能在我写下的篇章里寻得少年心性，多半也是我年少时的声音不曾遗失的缘故。在这清亮的音色中，我轻易地就能回到过去，拾起昨日的种种。

昨天，声音让我变得孤独；此刻，声音使我变得独特。我感谢生命旅途中给予我光亮的 G。

忍耐一切嘲讽，承受一切目光，伤心也好，失落也罢，就当作是这世界为我们织的长衫，披在身上前行就好。等时间的魔术师将其他人都变得一样时，我们就是辽阔宇宙中与众不同的行星，每一颗都分外璀璨。

你见过彼得·潘吗？他是作家詹姆斯·巴里笔下的一个人物，是个会飞的"野孩子"，带着有梦的少年们在永无岛上冒险。他无忧无虑，天真烂漫，永远都长不大。如果你没有见过他，没事，你可以听听我的声音，他一直住在我的声音里。

我爱的舒伯特17岁

四三九九

1

音乐有记忆吗？我猜大概是有的。关于舒伯特的记忆，对我来说，是 2017 年秋天从镇江到北京的风景。

我平时听歌的品位没这么高雅，在将近 10 个小时的车程里，我不仅没切歌，还听写了一段旋律。这是因为，未来的一年我都要在北京学习音乐，准备艺考。

我家并不是什么音乐世家，只有已故多年的太爷爷小时候学过几年扬琴。此外，我的爸妈没有表露出任何有关音乐的天赋。

从我决定考中央音乐学院起，我爸只跟我谈过几句。"你不是音乐学院附中的，也没有扎实的基础（我只在初二的时候完成了手风琴考级，之后再也没碰过），有报考资格吗？"我说央音十几个招生名额只有两三个是留给附中的，剩下的都分配给了普高。"真想好了？"

我说想好了。"那你去跟你妈说吧。"

我妈表现得像每一个看到孩子犯浑的家长一样，拍完大腿拍我，最后在气头上冷冷地说："我不管你了。"

虽然他们明显不愿意，但还是给我打包了行李，借了小姨在北京的公寓，一边说面子都要被我丢光了，一边开车送我一路向北。

我至今记忆犹新，因为出发的第二天是 2017 年 10 月 1 日，这是全国人民欢度国庆的日子，但在我爸妈这里，是他们亲爱的女儿 17 岁的生日。

2

我在家给爸妈添完堵，又来给小姨找麻烦。艺考生也是要上文化课的，所以小姨带我到北京二十一中办借读手续。

同学们都很好，我担心的被歧视和被孤立都没有发生。同桌帮我从后勤处搬来桌椅，又带我去领书，还分给我零食。他说我来之前他都独自坐在讲台边上，上课想说话只能接老师的话茬儿，现在终于有同桌了，能享受躲着老师开小差的刺激感了。

我觉得他京片子的节奏感十分好笑，一次课堂上没忍住笑出了声。正在讲课的生物老师开玩笑说，既然同桌喜欢看我，那就一直看到下课不准动。同桌便真的撑着脑袋对着我看，还跟生物老师说："老师，你也得看着我看到下课，不然万一我没看她你都发现不了。"紧接着，他就被老师叫到垃圾桶旁边罚站了。

他们体育生下了第 8 节课就能离校，通常几个关系好的同学会一起骑车到南锣鼓巷溜达一圈买晚饭，然后去体育场训练。后来他知道我也不用上晚自习，就叫我和他们一起去。

我人生中的第一支可丽饼冰激凌是在这里吃的，我还记得是蔓越莓口味的。我举着冰激凌跟在大家后面，冬天很冷，所以我吃得很慢，冰激凌拿在手里快要化掉了，我刚想去救，下一秒就被同样落到队伍末尾的他凑上来吃掉了。

有那么一刻我什么都感受不到，只记得冰激凌的颜色如同蔷薇的颜色，那天的晚霞也一如他耳朵上的红晕。

我特地过了几天后才跟他说，以后不用叫我一起吃饭了。

他抬头看我，直接问："是我给你造成困扰了吗？"

我说："不是，我以后放学得直接回家，因为我小姨找的音乐老师要开始给我补课了。"

人在陌生环境里很容易为了迅速融入而寻找寄托，但并不是每一根稻草都该被抓牢。

3

小姨给我找的音乐老师是中央音乐学院音乐学专业大四的学生，已经保研，时间充裕，所以来教我乐理和音乐史。

他姓宋，是西安人，个子很高，穿衣品位很好，有一种知书达礼的温和气质。我一开始叫他宋老师，直到一次他把奶茶洒在我的凳子上之后，我就一直"小宋小宋"地喊他。他也不生气，坐在旁边给我削铅笔，然后出模拟题，考我乐曲的曲名、作者、演奏乐器、节拍、所属流派和主旨感情。

我起初乱写一气，连考试大纲里必考的几首巴洛克时期和浪漫主义时期的经典曲目也写不对。之前学手风琴的时候学得既不专业也不系统，都是拿了谱子就弹，弹熟了就换下一首。结果现在这些都成了我的绊脚石，小宋光是纠正我节奏的特殊划分和音值组合，就差点把自己的头顶挠秃。

中外音乐史和基础知识很枯燥，手边的零食不断我才学得下去。大小调体系和音乐术语是麻辣锅巴味儿的，戏曲音乐跟和弦及其转位是蟹黄蚕豆味儿的，二十世纪三四十年代的新音乐发展除了有冼星海和新秧歌运动，还有抹茶泡芙和肉松小贝。

小宋的基本功扎实，教我的过程中基本没有不确定需要上网查询的情况。我觉得他举手投足都很有涵养，我把这归功于音乐的熏陶，因此我学得格外刻苦。

4

2018年寒假我没回家，不用去学校上课，我的生活被小宋安排得更令人窒息。早上7点起来背基础知识，一直背到10点半，他把题目发过来，我开始练习听辨，这个时候我已经能够写对大部分曲子的曲名、演奏形式等内容了。技巧就是反复听，听完了写，写错了改，改完接着听。

艺考校考（当时还不是统考）时，可以选很多学校，所以在那段时间经常能看见背着画具、乐器等的艺术生，从天南海北来到北京，去各个学校或考区参加考试。我这时已经决定孤注一掷，只考中央音乐学院。小宋让我别懒，我就多报了几所，但我心知肚明考试费我是白交了。

中央音乐学院的初试时间表和小宋安排的一致，上午考音乐常识和听辨，下午考写作。我记得有一道题是6部音乐作品任选其一写评论，恰好其中一部我练习写过，所以没有理由选不熟悉的内容。

复试有两科，器乐和面试。从决定艺考那一天开始，我就捡起了手风琴，但练得三天打鱼两天晒网。考试曲目可以自选让我放心了一些。面试需要论文答辩，答辩的论文就是已经被我遗忘很久的两篇音乐史的小论文。

我最遗憾的就是乐理考试被安排到了三试，我都没有机会去考一下。

2018年3月的尾巴，中央音乐学院的琴房里有叮叮咚咚的琴音传来，小宋陪我看过成绩之后递给我一根棒棒糖。北京开始起风，我的艺考结束在牛奶巧克力的味道里。

5

艺考失败，我理应感到难过，但没想到回镇江后，我参加全省统考的一模成绩特别好。最终我正常参加高考，考了一所跟艺术完全不搭边的学校。

大一国庆假期的前一天晚上，舍友在网上看到北京开了一家真人剧本杀馆，第二天中午我们就到了北京南站。吃饭的时候，我看到小宋在微信上向我致以成年的问候，借读时的同桌也祝我生日快乐，说他考到上海了，学的是体育教育专业。

舍友给我买了蛋糕，奶油球吃起来像南锣鼓巷那个融化的可丽饼冰激凌。这么一想，日子真的过得很快，时间不会永远停在同桌去罚站的时候偷偷给我手里塞果冻的那个转身里，也不会滞留于春天结束时小宋陪我爬上景山看金宝街车河璀璨的紫色黄昏里。但这不足以让我悲伤，因为它的未来是我现在所能拥有的最好馈赠。

　　我爱的舒伯特在 17 岁时见到了他的野玫瑰。而北京和艺考，拥有我完整的 17 岁。

青春里我与牙齿的斗争

李佳炜

爸爸给我起的昵称叫"牙怪",这不是没有道理的。我曾经无数次对我的牙齿感到绝望和痛苦,因为它们实在是太不堪入目了。如果非要有一个很形象的比喻,你可以想象一下山地地形的横切面,对,就是那样参差不齐。

牙齿怪异当然不是天生的,小时候我的牙不仅不歪,还很漂亮,甚至可以算一样我引以为豪的优点。大人们见到我会夸:"哇,小姑娘长得真漂亮!"这时,我就会朝着这群热情的叔叔阿姨露出我所能展示的最灿烂的笑容,以及上下两排齐齐整整、白白净净的小牙齿。小学一年级表演节目时,我永远站在第一排的"C位"。老师招手说:"看镜头,大家笑一个!"最后照片里最显眼的一定是我的小白牙。当然,这些都是曾经的曾经了。

不知从什么时候开始,我的牙齿异常活跃起来,在我的口腔里向我发动一次次战争,从歪牙冒出头来开始,我的败局就已注定。记得我用舌头去舔一颗摇摇欲坠的牙齿时,触到了一个奇怪的小三角,用手一碰，硬硬的。我张大嘴巴去找妈妈，妈妈仔细一看："哟，新牙都长出来了，得去医院把上面的牙拔掉。"我稀里糊涂地进了医院，天真的我还不知道会发生什么，可当我的屁股一坐上牙医的椅子时，潜藏在血液里的恐惧猛然苏醒，我哭着闹着不肯拔牙。然而最后的结果是：我咬着棉花球抽泣着走出医院，耳边妈妈的训斥声仍嗡嗡打转。这是我与牙齿的第一次斗争，而我毫无悬念地打了败仗。

那以后，又有几颗牙出了事，我进牙科的次数越来越多。从此我多了个心眼：打不过我还躲不过吗？于是每当有牙齿松动的时候，我便每天至少要检查十几次，看看有没有讨人厌的小三角冒出头来，一旦发现立即上报。我不免有些得意：瞧，我也学聪明了，这下我可知道你的策略了。但是啊但是，我还是太天真了，新牙长成的时候，我才发现事情的不对劲。就算提前长出来的牙齿被发现得再早，它还是会长歪。这下我真是拿它们没办法了。

换牙结束，我找出保存旧牙的袋子，悲哀地发现自行脱落的牙齿屈指可数，旧牙中十有八九都是人工拔掉的。而我口腔里的牙齿也已基本定型，歪七扭八，好像这二十几颗牙齿互相吵架了，都扭着头，互不理睬。而我也开始遭受来自牙齿的第二轮攻击。长"飘"了的大门牙导致我的嘴唇难以合拢，需要刻意控制才能把嘴巴抿起来。当我不受控制地嘴巴微张时，整个人就会显得傻里傻气，在公共场合尤其如此。每到这时爸爸总会送来善意的提醒，用口型对我说："Close your mouth（把嘴巴闭上）。"同时做一个合拢的手势。我乖乖闭上嘴，却有一种被羞辱的感觉。

来自牙齿的不良影响甚至蔓延至我的校园生活。初二的地理老师很幽默。有一次上课时他介绍自己记住同学们的方式，讲了一个笑料，我们都笑得合不拢嘴，老师又接了下一句："有的同学我是靠外貌特征记住的，比如他的牙齿豁了个口子。"大家又是一阵爆笑，我却赶紧闭上了嘴巴，笑容凝固。或许地理老师说的不是我，但我的上排牙齿里有一颗歪得看上去真的像豁了个口子。这件事让我很长一段时间在生动活泼的地理课上都没有笑过。

后来我学会了退避三舍，敌不动我不动。就在我以为战事将要平息的时候，出乎意料的事情发生了。

那年夏天，妈妈带我去上海检查牙齿，那是我度过的最恐怖的一个夏天。头发花白的老牙医带着一群年轻实习生在看牙，我熟练地躺下，眯着眼看明亮的无影灯，大张着嘴。没承想听到一声惊呼："哦哟，侬这个牙齿老复杂哦！"一群实习生立刻围过来观摩。老牙医扒拉着我的嘴，和妈妈解释："侬看一看，这个是融合型多生牙，这么复杂的我也是第一次见。"了解情况后，我被迫接受了现实：我的门牙下面不仅多长了一颗畸形的牙齿，这颗牙还与门牙和另外一颗长歪了的牙齿交错生长，没有办法拔除，只能动手术锯掉。老牙医摇摇头："这样的牙齿，在我们这个医院都是首例。"无影灯旁围着一圈人，不知道有多少双手在扒拉我的牙齿。那一刻，我感觉自己可悲极了，好像被关在动物园里的动物。这次看牙经历化作噩梦，缠绕了我好几夜。

动手术的事情最后不了了之，原因是术后需要每个月去一趟医院，但我已经到了要抓学业的关键时刻，腾不出时间每月跑去上海，只好等到上大学后再处理。说来也怪，这次风波之后，我开始以坦然的心态面对这一嘴歪七扭八的牙齿，就好像历尽人间磨难的老者最后选择隐居山林一般。有的时候，我甚至会对着镜子咧嘴一笑，嗯，牙齿不齐，但至少笑容很灿烂。

现在的我不会再因为牙齿的不整齐而自卑，彻底成为一个乐观自信的人。我发现，当我用笑容感染别人的时候，从来没有人说我的牙齿不好看。我与牙齿的斗争也在岁月中渐渐平息了，我学会了和它和平共处，我的自信乐观也是它教给我的。虽然它曾在我的青春无数次掀起万丈狂澜，但我还是学会了接受它。这就是成长。

南辕北辙的爸妈，让爱配方齐全

刘小念

我的爸爸是初中校长，妈妈是初中语文老师。

在妈妈的观念里，孩子要艰苦朴素，一方面是惜物，另一方面也可以更专注于学习。所以，妈妈很少给我和姐姐添置新衣。

再说我爸，在爱美这件事上，他跟我妈颇有分歧。我读小学三年级时，爸爸去上海出差，花光兜里的钱，给我和姐姐各买了两套衣服、两双鞋子。时隔多年，我依然清晰地记得衣服的花色、样式，爸爸让我们美美地引领了一把时尚，更让我们对小县城之外的世界产生了层层叠叠的想象。

可怜的爸爸，被妈妈好一通责备，说他惯孩子，让孩子滋生虚荣心。

面对妈妈的指责，爸爸并不恼火，只是机智地转移话题："你说实话，女儿穿上好不好看？小孩子嘛，不能让她们像咱们小时候那样，非黑即灰，补丁摞补丁。"

因为教育理念大相径庭，爸妈时常争得面红耳赤，但我和姐姐并没有觉得这种争吵会伤害到我们。相反，我们清晰地感知到，爸爸妈妈是爱我们的，而且，他们的爱，是如此不同。

尽管我们内心更喜欢爸爸的纵容放养，但妈妈的严格让我们知道，凡事是有边界的。更重要的是，他们的争论让我们很早就明白：世上的事情，不是非对即错、非黑即白。

我和姐姐，因为有这样的爸妈，成了两个特别有主见的女孩。

记得我刚上初一没多久，学校出台新规：女生一律留"五号头"。我当时的第一反应是：凭什么？于是，我伙同班里另外两个女生去找校长理论。

校长，就是我爸。我去了就声明，这不是父女间的谈话，而是学生和校长间的。然后，我就反对让全体女生留"五号头"展开了慷慨激昂的演讲。大意是，头发长在自己身上，我们拥有或长或短的个性化需求，这应该被尊重，从没听说哪个女生没有考入高中是被发型影响的……

然后，校长把书记、教导主任和各班班主任都叫了过来，让大家听听我们的意见。妈妈当时是初二一个班的班主任，自然也在其中。

我一边陈述着自己的观点，一边用余光扫了几眼妈妈。可想而知，那天回到家里，我面对的是怎样的"狂风暴雨"：妈妈说我无法无天，说我爱出风头……

直到爸爸回来，妈妈的炮口立马掉头："都是你惯的，今天自食其果了吧？她居然公开跟你叫板！我教了这么多年书，就没见过这样的学生……"

爸爸不以为然："她是对事不对人，我没觉得这是跟谁叫板。就算叫板，她今天也说得有理有据，我反而觉得我女儿的口才与思辨能力都不错，让我刮目相看。"

这下，妈妈彻底发火了。见妈妈真动怒了，爸爸便一声不吭地跑到厨房做饭去了。

这就是我的爸妈。他们不会因为教育理念不同而让矛盾扩大化，也从不让家庭教育成为夫妻感情、亲子关系的杀手。

那一次，经校方讨论决定，不再要求女生留整齐划一的"五号头"。当爸爸站在升旗台上宣布这个决定时，台下一片欢呼。

时隔多年回想起来，我人生的很多选择，都因为那一次的尝试而与众不同。

高考报志愿，妈妈给我两个选择，要么报师范，要么学金融。她说："这是最适合女生的专业。"

然后，我默默把所有志愿都填报成新闻专业。这件事，只有爸爸知道。他说："你比爸爸当年优秀，爸爸在你这个年纪，根本不知道自己未来想做什么。而且，自己选择的人生，再苦再难都不会后悔，你是好样的。"

可想而知，大学录取通知书到家时，妈妈有多愤怒。

妈妈很生气："我教了这么多年学生，就从没见过像你这么不听话的。"

我也很生气："小狗听话，像你这种控制欲特别强的妈妈，就适合养宠物。"

妈妈说："我控制欲强有什么用，抵不过你有一个好爸爸呀。只要是我反对的，他都支持，好人都让他当了。"

爸爸嘿嘿一笑："李老师批评得对，这也是我最欣赏李老师的地方，虽然对孩子有控制欲，但从不固执己见，一切为了孩子，为了孩子的一切……"

于是，一场争端就此中断。

我上大学时，爸妈写的家书风格差异很大。

妈妈的信，通篇都是说教，要好好学习，要勤俭节约，不要谈恋爱……爸爸会说学习固然重要，但也要进行其他尝试。他会背着妈妈再给我一些生活费，让我学吉他，假期出去旅游……

大学毕业后，我如愿当了一名记者，而后选择了自由职业。这在当时，是一个不可思议的选择。妈妈数落我，爸爸则一如既往地支持我。

如今，靠着努力，我慢慢走出最艰难的时光，万事向好。直到此时，妈妈每次说起我经历的坎坷，都满是心疼。她说："明明可以不用那么辛苦，非得选一条最难的路。"

可爸爸不这么认为，他说："人这一生，终点都是死亡，如果不经历点挫折，只走寻常路，那真的是虚度光阴。"

又是一场谁也说服不了谁的辩论。那场面，又好笑，又好玩。

我在成年之后，尤其是当了妈妈之后，才慢慢体会到，我的爸妈的爱是如此配方齐全。

妈妈的严苛，我和姐姐虽然一直在反抗，但其实，她的束缚也为我们设置了一道防线：凡事不逾矩。而爸爸的宽宥，让我们一直因为被尊重和接纳而事事平和自洽，即便在困境中，也拥有最大限度的勇敢和自由。

他们的教育理念虽然南辕北辙，但最宝贵的是，他们争的不是个人的面子与输赢。让他们坚持与妥协的，从来都是孩子的身心健康与愉悦。

最有意思的是我姐。

高考填报志愿时，她选择了师范院校。她说，想成为一个像爸爸那样最懂孩子的老师。

结果，工作后的她，一半像妈妈，严厉、认真，一半像爸爸，活跃、开明。

姐姐对爸妈也有自己的总结："他们的教育理念虽然不同，但他们没私心、不泄愤、不甩锅，他们其实是最佳搭档，是一对值得敬重的父母。"

姐姐的话，我深以为然。

青春是一阵呼啸而过的风

槿 恬

　　每个人的青春里都会有一阵呼啸而过的风，我的青春里也有。顺便说一下，这阵风还带走了我的一片头发，时间是永久。现在如果有人掀起我的头发，仔细找找，还能看见那一块裸露的头皮。所以，我把我的那阵风命名为"夺我头发冷酷无情风"。

　　风吹来的时候，正是我一生中最叛逆的青春期。想要"变得不同"的念头一次又一次地冒出来，我最后决定成为一个"板仔"。

　　现在想起来，我确实没有多少喜欢玩滑板。不过，在学校里跟穿着酷炫的高年级同学打招呼时身边同学的羡慕，以及广场上行人的注目都让我眩晕又痴狂，我感觉自己和那些穿着校服，只知道在教室做题的灰扑扑的初中生完全不同，用当时学到的高级词汇来说，我简直是"鹤立鸡群"。

　　不知道别的板仔是不是像我一样，只是为了寻求不同才去滑滑板，但当他们之中绝大多数人在享受风从耳边呼啸而过、享受身体在道路上快速穿行、享受速度带来的失重感时，我心里其实在苦恼为什么后脚点板这么难练。

因为缺乏对滑板这项运动的热爱，所以每天放学后在广场集合时，我最期待的不是今天前辈会教什么新动作，而是什么时候可以休息聊天。

喜欢滑板的人多少有些桀骜不驯。在大家都乖乖学习的年纪，他们偷偷染上了在阳光下会变成金色的头发，也敢做第一个翘课去参加滑板比赛的学生，更是校园风云争霸赛的热门选手。

在和他们的长久相处中，我也开始偷偷染发，和他们一起翘课，目的只是去校外吃一支冰激凌。我羡慕他们，也有人开始羡慕我。

但是我并没有想象中的那么开心。上课的时候，我心中的野草疯长，烧了一茬又长出一茬，我希望可以翻过学校的围墙，去看看外面的草长莺飞。但逃课的时候，我心中的野草并没有得到滋润，它不满足，甚至枯萎了。巨大的空虚感几乎将我吞噬。

我妈一开始就不赞同我加入板仔的行列。我当时觉得很不屑，认为这不过是所有父母都不希望自己的孩子学坏罢了，板仔在他们看来就是坏孩子的象征。我总是想，我妈只是我变独特道路上的绊脚石。可是度过了那段时间，我才明白，可能那时我妈早就察觉到了我的不适。

不过之后我妈看出了我的叛逆，也知道我非要加入不可，所以"缴械投降"。从前百般祈求都不得的滑板，我妈也给我买了，愿意让我去"撞撞南墙"。对我这个板仔，我妈其实很少过问，甚至在我偷偷染了头发被主任抓住，我妈知道后也只是叹了口气，转身离开。

我以为我妈已经对我不抱希望了。后来参加滑板比赛时我动作失误，滑板飞出去的瞬间，我的大脑不停地给身体指令，但是身体已经悬空了，思考也暂停了，随后我的后脑勺落了地。

耳边的风声停了，我看到的最后一个画面是本该在单位上班的妈妈从人群中冲了出来。

不过幸好，我并没有摔到不可治疗的地步。身体慢慢恢复，只是后脑勺有一片头皮，再也长不出头发了。

我也是在医院治疗的时候才知道，虽然我妈嘴上说没有时间，但还是请了假来看我的第一次比赛。在我深夜 12 点还不回家的时候，爸妈早已排好单双号"值班表"，保证每天都有人等我回家。回家即得的温饭不是巧合，爸妈的爱早有预谋。

受过伤之后，我非但没有反省自己训练不认真，反而找借口脱离了板仔组织。回归校园生活的我，简直如鱼得水。现在我常常会摸着后脑勺上光秃秃的地方，它时刻告诉我，叛逆的时候常常想做一些特立独行的事，却忘了问问自己的内心是否愿意，如果实在看不清前面的路，那么不妨回头看看爸妈。

在路上

龙向梅

　　我小时候印象最深的事就是搬家。搬家次数多了，总感觉一直在路上，就像蒲公英一样，风一吹，就去了远方。

　　搬家是因为我爸，他是一名水电建设工作者，四海为家。单位的房子，都不是自己的，人员流动性大，哪儿空了就可以往哪儿搬。好端端的房子怎么会空呢？那是因为全国的水电站很多，一个电站的人经常会被调到另一个电站去，这样一来，房子就空了。

　　我小时候听得最多的字就是"调"，说谁又要调到哪里去了。我那时小，误以为是"吊"，想着那种大吊车和绳子，觉得怪吓人的，好好的人为什么要被"吊"来"吊"去？并且希望我爸不要被"吊"走。

　　仅在凤滩水电站，我们就搬了十来次家。因为总是有房子空出来，有时候是因为单位安排，有时候是我爸想换个地方，打一个报告，卡车就"轰隆隆"地被派来了。几个年轻力壮的男青年跳下车，扛的扛，抬的抬，三下两下就把大大小小的家具搬上车，运到了另一个住所。

我最初的记忆就是从搬家开始的。那年我四岁，因为百年不遇的大雨，电站必须全力泄洪保坝，所有的闸门一起打开。突如其来的洪水，让整个世界变得兵荒马乱。整个沙洲一千多人要赶在大桥被冲毁之前全部撤到对岸，哭声、喊声、急促的脚步声、巨大的浪涛声混杂在一起，充斥着我的世界……我紧紧地牵着妈妈的手，在汹涌的人群中，跌跌撞撞挤过钢索桥，在"逃亡"中开启了我的搬家之旅。

洪水退去，所有的房屋、运砂火车、汽车全被大水冲走了。人们站在对岸，看着洪水扫荡过后空荡荡的沙洲——昔日的繁荣不再，心爱的家园不再，铁索桥不再——唏嘘不已。有人小声啜泣，有人唉声叹气。父亲没有叹息，他说，只要人在，一切都不算什么。紧接着，他就重新置办家什，我们很快就从招待所搬到一个新家，一切秩序井然。虽然两年后我们又经历了重大火灾，但人们在死里逃生后重建家园，仍旧那样顽强、乐观，仿佛永远不会被打败。后来不论经历什么，对我来说，只要好好地活着，就不是灾难。

一个电站内的搬家，是小范围的流动，三五里路的距离。这样的搬家是没有离愁的，只有新奇和欢喜。搬到一个新地方，总会遇到同学，不到一天就和邻居小伙伴们熟络了，互相追赶打闹，还各自端了饭碗出来换菜吃。房子是大是小、是好是坏，孩子们并不关心，只关心哪里好玩。每次搬了新家，我就到附近的角角落落去探险，寻找一些秘密的藏身之所，包括废弃的空房子、幽静的通道，或者地下室、实验室，有时还能找到一些实验器材之类的，好奇地捣鼓一番。我一般会指认某棵树是自己的树，某块石头是自己的宝座，还要给它们取名字，我就是那个地方的主人了。

有一次，为了换一套面积更大的居室，我家搬到了一个仓库旁。那个房子虽然大却很破败，我卧室的天花板有一个大窟窿。我因为胆小，特别害怕，总担心窟窿里面会钻出一个妖怪来，为此幻想了很多可怕的事件，每一次我都在自己的幻想中吓得半死。在那里住了一年，父亲又留意到一处宽敞的楼房，给我们换了新居。

电站建设接近尾声时，营地和营地之间的大搬迁开始了，就是从一个水电站迁到另一个水电站。这种举家的迁徙，不是仅带几件行李的旅行，而是一项浩大的工程。经常有一些院子里堆放着硕大的箱子和家具，都用木板钉着，方方正正，小山一样。这样的搬迁近则几百里，远则数千里。好在水电建设工作者都有一种随遇而安的个性，在哪里都能很快开始全新的生活。

因为搬家，我经常转学。小学一年级快结束时，我第一次转学，要回千里之外的老家去读书。那天，妈妈到教室接我，老师送我到门外，和我说再见，我的泪水掉下来了。不过，一年后，我又转了回来。而在老家结识的小伙伴和同学，又要伤心地互道再见，互赠小礼物，依依惜别。

我记忆中有很多片段和画面，都是母亲带着我们一路辗转，在拥挤的汽车上、火车站、码头、旅馆，还有陌生的街头。那些片段像珍珠一样串联，组成了我漂泊的童年。

也许正因为这种居无定所的生活，我也习惯了行走，说走就走，无论长途还是短途，都是一闪念的决定。我和小伙伴们都喜欢远足，经常翻山越岭。十四岁那年，班里十几个同学想做点惊天动地的事——从沅陵步行回我们生活的电站。一百多里路，清早出发，回到家时，已是电影散场的时候了，而那一起出发的十几个同学当中，只有我和另外两个同学走完了全程，其余的都陆陆续续半路搭了车。那一刻，虽然精疲力竭，双脚磨出了泡，我却感觉自己像一个归来的王者。那一刻我就想，一条路，如果认定了，就要走到头，只有这样彻底地坚持过，才会成为一个胜利者。

后来，这种搬迁的距离越来越远，在城市与乡村、繁华与荒凉中穿行，懂得的事多了，体悟的东西多了，心里就多了一份伤感。每次走的时候，我都要面朝我住过的地方张开双臂，像风一样，轻轻地拥抱那里的天空和大地，拥抱那些奔走的人们。

因为不断地迁徙，很多东西带不走，我就极爱珍藏小物件。很多年后，当儿时的伙伴知道我还收藏着他们小时候写给我的信、送给我的小卡片时，都很惊讶，说我是个旧物收藏家。是的，我一直在路上，我必须带上一点什么。森林带不走，我要带走林中的一片落叶；河流带不走，我要带走河边的一颗石子；房子带不走，我要带走屋檐的半片瓦；学校带不走，我要带走一本涂改过的作业；朋友带不走，我要带走留有他们气息的物件……这些不起眼的小物件是我成长的见证者，是我生命的一部分，我要把它们收藏在记忆里。因为我懂得，一个行走在路上的人，要加倍珍惜沿途的风景和人。

叛逆，在那一刻戛然而止

邓迎雪

他高一时喜欢上了隔壁班的一个女孩。

从那时起，一向邋遢的他开始注重形象，每天早上第一件事就是洗头。洗好，拿吹风机吹成型，再背起书包，骑上山地车，绕很远的路去接女孩上学。晨风中，他洁净蓬松的头发飘出好闻的薄荷香味，坐在后座的女孩和他叽叽喳喳说着话，他感觉自己潇洒极了。

母亲对他的反常行为渐渐有了察觉，唠叨他每天收拾头发过分讲究，不如坐下来好好学习。他冷哼几声，依旧我行我素。脾气暴躁的母亲被他充耳不闻的态度激怒了，抓起毛巾就要打他。他把毛巾夺过来，吐出一句气人的话，然后优哉游哉地坐在桌前，哼起周杰伦的《双截棍》……母亲气得立在原地，半天缓不过神来。他挺挺胸脯，摇头晃脑，好像是个胜利者。

母亲没有多少文化，说话嗓门很大，教育他时大多是瞪着眼睛唠叨。他觉得和她一点共同语言也没有，她说什么，他偏偏喜欢反其道而行之，他认为这样的青春才叫有个性。

母亲在市绿化队当临时工，每天的工作地点都不固定，中午无法回家吃饭。她每天早上拎着装满水的大玻璃瓶出门，晚上才回家。回来后，她从不说自己这一天都忙了些啥，第一件事就是追在他身后问一天的学习情况。每一次他都以学业忙为借口，把她一连串的问题堵回去。

那年夏天格外热，有几天气温甚至接近40℃，行道树下，小草打着卷，颜色不再鲜绿，连往日聒噪的蝉也噤了声。但他才不怕这些，依旧接送女孩上学。

有天中午放学后，他像往常一样，一边擦汗一边卖力地蹬着车子，想快点甩掉这让人窒息的闷热。

行进间，前方绿荫道下躺在人行道上的一排中年妇人吸引了他的目光。那些妇人把破旧的工作服铺在地上，静静地躺着休息。她们身后整齐地摆放着自行车、剪绿篱用的长剪和盛水用的大号玻璃瓶。看到这些，他明白了，这些妇人应该和母亲一样，也是园林工人。这样一想，他又多望了几眼。忽然，他的心针扎似的疼起来，那睡在边上的不正是母亲吗？暑热把她的脸颊熏得又黑又红，她静静地躺在这炎夏的"蒸笼"中，像一枚无怨无悔的落叶。

母亲从来没有对他说过她的艰辛，他也从没问过一句。如果不是亲眼所见，他真的难以置信，母亲每天的午休竟是这样度过的。

这些年，母亲都是这样走过来的吧——把苦和累深深地掩藏起来，留给儿子的是生活的平稳和幸福。而作为儿子的他，哪里曾关爱过母亲？

有许多天，他的心都无法平静，眼前老是晃动着母亲酷暑下的身影。从那以后，他跟母亲说话时，声音温柔了许多，而当他端上为母亲做的饭菜时，她更是惊喜不已……

　　如今，年少时的爱情早已像蒲公英的种子，不知被风吹向了哪里。而那个夏天与母亲的相遇，却一直深深印在他的脑海里。

　　那是他成长开始的第一步。叛逆，在那一刻戛然而止。

15岁，我被学校劝退了

飒　飒

前几日同朋友吃饭，席间有人突然问起，记得读书时我的成绩一直很好，考上了市里最好的高中，后来为什么没有读下去。

一瞬间所有人的目光都聚集在我身上，他们眼中大多是惊讶不解。

我低下头喝了口汤，讪讪地笑着说："过去的事情我不想再提。"

大家转而聊起了别的话题，没有人注意到，一直到饭局结束，我都没再说过一句话。

是啊，后来怎么那么轻易地就放弃了呢？

先从10年前说起吧。不要觉得10年前的事情不值一提，其实人年少时做的决定真的会影响一生。人生这盘棋，只要走错一步，就会通往另一个目的地。可惜的是，当我明白过来的时候，一切都已经来不及。

10年前我14岁，读初三，正在为即将到来的升学考试焦虑不已。我常常学习到深夜，万家灯火熄灭的时候，只有我桌前的台灯固执地亮着，周遭安静得只有纸与笔窸窸窣窣的摩擦声。那一年我熬坏了一盏盏台灯，也熬坏了自己的眼睛。

那会儿大家努力的目标都是一中，那是全市最好的高中，集结了4区13县所有的尖子生。人们都说，考进一中，就相当于一只脚迈进了大学的门槛。那时我不懂上大学的意义何在，但我知道我们家里没出过大学生，我能考上大学一直是全家人的希望。

功夫不负有心人，在中考还未来临的时候，我便通过了一中的招生考试，被提前录取。

入学报到那天，我几乎走遍了整所学校才找到宿舍。一中可真大，东南西北开了4个校门，高高低低的楼房有好几栋，都互相连通着，我走了很多次才能不迷路。学校的铁栅栏又高又密，上面爬满了爬山虎，把所有的缝隙堵得严严实实，将我们与外面的世界彻底隔绝开来。

上了高中，学习任务变得更加紧张繁重。每天都安排得很满，老师讲课的节奏也很快，常常是上一节课学的东西我还没消化，下一节课老师又抛出了新的知识点，9大科全新的知识都向我一股脑地涌来，就连我以前擅长的科目学起来都感觉很吃力。

因为是军事化的管理模式，生活方面也管理得极其严格，每天都要整齐划一地跑操，生理期也不允许请假，那个时候我忍着强烈的疼痛在操场上跑了一圈又一圈。检查宿舍卫生时地板上不能有一根头发，被子必须叠成有棱有角的"豆腐块"。上课铃声响起之前就得进入教室，晚自习时必须低着头学习，抬起头看窗外是不被允许的。以上这些做不好被抓住的话就会扣班级分数，早读时全年级点名通报，然后产生一系列的连锁反应：老师找你谈话，同学对你厌弃。

　　我从小没有离开过家，自理能力和适应环境的能力都极差，来自学习和生活上的压力压得我几乎喘不过气来。

　　头一次月考，成绩单贴在教室门口的墙上，我站在那里一行一行地找自己的名字，终于在最后几行里看到了自己可怜的分数和名次。

　　耳边好像有一架飞机呼啸而过，耳膜受到刺激几乎听不到任何声音，我双腿发软，迷迷蒙蒙地走回到座位上。我盯着黑板上的字，却觉得一个也看不清楚。我努力集中注意力，看着老师的嘴唇一张一合，却还是一点儿声音都听不到。没有人知道，我平静的面容下，正在经历着一场海啸。

　　我的学习成绩一直很好，家里贴满了大大小小的奖状，作为奖品得来的本子厚厚一摞，一直到初中，我都是在老师的宠爱、同学的追捧中长大的。那天晚上，我躺在漆黑的宿舍里，听着周围同学平稳的呼吸声，默默地流泪。

　　我从小就相信，付出就一定会得到回报。我总结了原因，觉得就是自己不够努力才导致今天这样的成绩，只要我比别人多付出些努力，应该还是可以赶上来的。我从小就不属于脑子灵光的学生，之所以可以保持不错的成绩，是因为我一直比别人努力。

　　那次月考过后，我每天在起床铃响起之前就站在操场上背单词，午休的时候趴在床上做卷子，晚上用被子蒙着头打着手电筒背文言文……所有能比别人多学一会儿的时间，我一分一秒都不敢浪费。

　　但期中考试，现实再次狠狠地打了我的脸。我的成绩依旧没有任何起色，还是处于班级下游，年级倒数。

　　我发现上了高中不是努力就能把所有知识学会的，班上有太多学习时漫不经心成绩却名列前茅的同学，他们天资聪颖，稍微努力一下，就可以把我这种反应慢的人甩出一大截。我依旧记得，某一节数学课上，同学们和老师一问一答配合得天衣无缝，我却盯着黑板上那一连串的数字不知所云。

那是我生命里鲜有的难过时光，我经常会毫无征兆地落下泪来，在听不懂的课堂上，在不会写的试卷里。晚自习的时候，白炽灯明晃晃地照在头顶，教室里安静得连呼吸声都听得见，我坐在靠窗的位置，用头发挡住脸，无声地流泪，眼泪掉在干净的作文纸上迅速晕染开来。我没有朋友也没有家人可以诉说，像被抛弃在海里，拼命挣扎却无力自救，最后只能任由自己沉下去。现在我偶尔做梦，梦到重回校园，依旧会夜半惊醒，脸上挂着未干的泪痕。将近10年过去了，那个时候的创伤依旧很难被修补完好。

后来我变得麻木，我觉得努力了也不会有好结果。我自甘堕落，彻底荒废学业，沉沦在一部部小说里，整天混沌度日。

我变成了班里的透明人，从不与人说话，也不参加任何活动，黑板上的公式我不再费劲理解，老师讲的内容也与我无关，那些厚厚的习题册我再也没有翻起过。

之后我学会逃课，开始是逃自习，后来逃主课。我躲在学校废弃的楼梯间看着细细密密的雨连成一张雨幕，怀里紧紧地抱着一本书，眼眶逐渐变得潮湿。

谁能想到，曾经被老师赞不绝口的好学生变成了今天这副模样——叛逆，乖戾，独来独往。

没有人知道，我没有因为这种堕落而少受煎熬。我度过的每一天都像万虫噬心一般痛苦。那种对现实生活的无力感和对未来的迷茫，都让我感觉到无比绝望。

被劝退的那天，跟去报到那天一样骄阳似火，可我竟在 8 月的炎热里止不住地打寒战，牙齿不受控制地颤抖。那天的残阳如血，我坐在回家的公交车上，脚边是大大小小的行李，太阳的余热刺得我的眼睛止不住地流泪。

我的青春期，就这样提早结束了。

后来我去了一所技校，在那里待了一年，混了张中专毕业证。看着那个红色封面上刺眼的烫金字体，我觉得可真是嘲讽。寒窗苦读 10 余年，最终以一张中专毕业证草草收场。

我想起初三那年，陪着我的除了那盏塑料台灯，还有我的妈妈。我在纸上一笔一画地写字的时候，妈妈就坐在我的身后一针一线地缝制鞋垫，家里不缺鞋垫，她只是想以这种方式陪着我。走到今天，我最对不起的是妈妈，我自己的付出付诸东流不值一提，可妈妈的付出呢？一点儿回报都没有得到。

我读书时的那些同学，有的毕业后参加工作，有的继续读研深造。而这几年，我已经在社会上摸爬滚打，经历了各种事情。他们的眼睛可能依旧明亮，而我却变成了眼里没有光的人。

后来与一些同学聊起，我发现他们读高中时也遇到过和我一样的问题，难以适应环境，觉得学习吃力，对未来感到焦虑迷茫，可他们坚持了下来，而我却提前把自己淘汰了。更可笑的是，我当时在一中倒数的成绩，在别的学校竟然可以排到前几名。如果当时我没有去一中这所拔尖的学校，而是去了一所相对普通的学校，是不是结果就变得跟现在不一样了？但是少年的心骄傲又脆弱，总想往最高的地方去，却一点儿苦头也吃不得，最后摔倒的时候也是惨烈无比。

总有人问我，10 年过去了，想起当初是否后悔。我不知道如何作答，因为我现在过得还算不错。不过我总觉得自己的人生是有遗憾的，如果上过大学，我的人生会不会有更多、更好的可能？

对，我现在终于可以回答这个问题了，不是后悔，而是遗憾。遗憾我没有给曾经那么努力的自己一个更好的结果，遗憾最终没有给对我期待甚高的家人一个交代，遗憾我早早地否定了自己，做了逃兵。

每次路过一中的门口，我心里都会隐隐地难过。垂柳又绿了校园，栅栏上依旧爬满了爬山虎，校门口的自行车摆放得整整齐齐，里面的孩子们都在努力地为自己争取一个美好的未来。而我只能一脚油门，冲向我自己的生活。

这是我人生前 20 多年最难以释怀的事情。

我想对正在读书的孩子们说，或许你们现在也像当初的我一样，迷茫、焦虑、否定自己，我能给你们的建议是，无论怎么样，都要坚持下去。任何时候，坚持都是一种最可贵的品质，人生的每个阶段都需要一个努力的自己。

友　谊

简　唯

回忆我的高中三年，同桌于卉是一个没法绕过去的人。

我们是在高一上学期的期中成为同桌的。于卉成绩很好，考过几次班级第一，我则是一个不折不扣的"学渣"。为了带动我的学习，老师安排于卉坐在了我身边。

这个新同桌出现在我面前时，就像从电视里走出来的一样，全身上下闪烁着光芒。

于卉的家境普通，家里连一部电话都没有。她平时吃得很少，每天早上只吃一个素包子，中午也是简单地吃一个素包子或者一张饼，晚饭则是一些糖果、瓜子和点心，这些都是她过年时攒下来的年货，平日囤在寝室的柜子里，每晚取出来吃一点。

她告诉我，一周在校5天，她的伙食费从来都是7块钱。

我拿于卉来激励自己好好学习，可刚学习了一会儿，便敌不过懒惰和自制力差，不肯用功了，一曝十寒，毫无长进，依然是个"学渣"。于卉从没主动帮过我，对我的一切漠不关心。

我的家境比于卉的好很多。父母视我为掌上明珠，特别舍得为我花钱。我穿着名牌衣服，吃出圆滚滚的身材，从来不肯委屈自己。

那时才开始住校的我，早上起不来，买了早餐打包后，踩着早自习的铃声到教室，把书包朝桌洞里一扔，就去走廊里吃早餐。看到于卉的生活，我于心不忍，早上会客气地把零食分一些给她。有时，我会带双份的零食，和她一起边晨读边偷偷吃；有时，我只带单份的零食，塞进于卉的课桌。

我的心里有些小小的得意：我是在帮助于卉啊。

事实上，我和于卉的关系并没有真正地亲近起来。她和我说话的语气依然冷冰冰的，我坚持认为是她的自尊心在作祟。

我开始有意无意地和她闲聊，捕捉她更多的生活细节。例如，有一次下了辅导班的课，外面下大雨，她骑自行车很晚才到家，发现没带钥匙，因为家里没有电话，又不想大声敲门吵醒父母，她便躺在自行车棚的砖头上盖着雨衣睡了一夜；美术课上，她用的 12 色水彩笔看起来像二手的，她说那是她周末专门去火车站附近的一家文具店淘来的试用品，跟老板讨价还价后，几块钱就买下了。

一天，我跟于卉说起中午食堂的炸鸡好吃，她说自己从来没吃过那类油炸食品，更别说吃肯德基、麦当劳这些了。

那天回到寝室，我大方地对几个室友说，第二天请她们吃炸鸡。随后我打电话给妈妈，让她在第二天中午订一个"全家桶"给我。

第二天，"全家桶"被送到了寝室，我和室友们一起分享。我事先拿走最大的一块鸡排和一个汉堡，等大家吃了一会儿后，漫不经心地说："哎呀，这怎么剩下了，分给隔壁寝室的吧。"

于卉就在隔壁寝室，我拿着鸡排和汉堡过去的时候，正好只有她一个人。我说我给寝室里点了"全家桶"，大家吃不完，便分一点给她，努力地表现出"不是专门送给她的"。

于卉接受了，但没有表示感谢。我转身要离开，余光扫到她还盯着书，并没有准备大快朵颐的样子。我想了想，回身抢下她的书。

"你现在就吃吧。"我对她说。

"我吃过午饭了，现在不饿。"看得出于卉觉我有些莫名其妙，但语气是温和的。

"你现在不吃，慢慢就放凉了，到时候你肯定会嫌难吃扔了。我买的可贵着呢。"见于卉还想说什么，我没给她说话的机会，"吃，你现在就吃。我看着你吃。你不吃完，我就不走。"

于卉有些难为情地看着我。而我已经坐了下来，盯着她，一副不容拒绝的样子。她拿起汉堡，一脸通红地吃了起来。

我看着她吃汉堡，表情放松下来。她的脸越来越红，显得越来越紧张，却不敢停下咀嚼动作。甚至连我问她好吃不好吃，她都没有回答。

她吃完汉堡，小心翼翼地问我："还要继续看着我吃鸡排吗？"我估计她吃不下了，便说要回寝室午休。临走时，我余光瞥见她如释重负的样子，心里得意不已。

那个汉堡并没有换来我和于卉的友情。相反，她对我有些抵触，时不时对我冷嘲热讽。

跟她借红笔，她坚持不借，我问她现在要用吗，她会反过来说不用也不借给我。

学校号召全体师生给得了白血病的校友募捐，她捐了1块钱。我本来暗地里捐过50块钱了，可当着于卉的面，又捐了1块钱，没想到她在班长收钱时对我冷笑着说："你每天早上吃零食的钱都不止1

块钱吧!"

我的生物成绩不及格,于卉出言讥讽:"我要是你,早在自己还是细胞的时候就会选择死亡。"我气得丢出手中的笔,她立刻补充:"哎哟,不错,智商提高了嘛,我还以为你听不懂这句话呢。"

此类事情越来越多,就是再迟钝的人,也能嗅出其中的敌意。期中考试以后,我的成绩依旧没有起色,于卉还是班级第一名,但在年级排名中名次大幅下降。她说,是我影响了她的学习,她已经让父母找班主任,要把我和她调开坐。

我表面上没有吱声,暗地去找班主任问数学题,侧面打听调座位的事。班主任说我的成绩还需要提高,会继续让于卉和我坐在一起。离开办公室时,我松了一口气,心想或许是于卉的父母还没有来。

一天,于卉的作文本发下来,我扫了几眼她的作文,里面写到她的母亲是清洁工,每周六要去捡废品卖,其他清洁女工也会抢着去捡。为了抢到更多废品,于卉会帮着妈妈一起去"抢收",因此被其他女工嘲笑。

放学的时候,我问于卉假期可否帮她妈妈收一次废品,她一脸疑惑,我赶紧补充,反正每个寒暑假都要进行社会实践,这正好是个机会。

于卉没有理我,走了。

我以为她只是拒绝,也没多想。下午上课时,只见她红着眼睛、带着尚未擦干的泪水走进教室,狠狠地扔给我一团信纸。

信纸上的字迹全是用红笔写的,逐条列出对我的意见,其中不乏讥讽。例如:说我总是高高在上,不懂得尊重别人;成绩差也就算了,还不肯做一个善良的人;还说她母亲不是我的服务员,没有理由为了我一时的兴趣陪着我玩。

最后她还说，她早就把我从她的 QQ 好友列表中删除，让我以后都不要和她说话。

高一结束时的期末考试，我的数学考了 100 分，班主任当着全班同学的面表扬了我。于卉对此一脸不屑，下课后对我说："数学连 120 分都考不到，真是笨蛋。"

高二分科，我选了文科，于卉选了理科。物理、化学不参与总分排名，又换了数学老师，我在班级的名次有了明显提高。我时常会在校园里碰到于卉，但想起她当年说的那些风凉话，便假装没看到她，绕路离去。

120 分像一个魔咒，不停地折磨着我。到高三上学期的期末考试，我的数学终于考了 129 分。那段时间，我还在新概念作文大赛中获了奖，可谓志得意满。

走廊里，邻班一个并不熟悉的女生问起我获奖的事，我刚要回答，就看到于卉正站在不远处。见我发现了她，她的脸霎时红了起来，带着一种讨好而羞涩的表情，朝我微笑着挥手，不等我做出反应，便转身离去。

上大学之后的某一次，我和两个好友聚会。她们和于卉是理科班同班同学，我假装漫不经心地向她们问起于卉的去向。

她们说，于卉去了山东大学。我有些吃惊，高考后，我偷偷查了她的信息，看到她的自主招生考试记录，她获得了享受西北某高校优惠政策的资格，难道她没去？

我在大学读的专业是戏剧影视文学。在课上布置的写作训练里，我以于卉为人物原型写了一次又一次。

我的指导老师问我："任何一个故事里的人物，无论正面反面，都应该有可爱之处。你一直试图塑造的这个人物，贫穷自卑，吝啬偏执，内向又不太注意卫生。难道她就没有一丁点可爱之处吗？"

我听着老师的点评，脑子里浮现出于卉的样子，带着些赌气。

大一快结束的时候，父亲去世，我心里难过。

朋友们打来电话慰问，我努力保持着平静。待父亲的丧事处理完毕，我打开 QQ 空间，看到一个熟悉的名字。虽然已经删了好友，但我知道是于卉。

她给我留言说，她也听说了我家的事，但联系不上我，希望我平安。

我点进她的空间，依然能看到里面的内容。从那天起，于卉便很少出现在我的笔下。

大学四年，我没有刻意提起有关于卉的一切。但有时，我会上网搜索她的名字，知道她进了实验班，拿了给贫困特优生的奖学金。大二那年，她还兼职去做家教。

唯一的照片上，她的样子并没有太大变化，一如她的处境，努力却仍旧窘迫。

再后来，朋友告诉我，于卉被推荐免试攻读中科院上海分院的研究生。听到这个消息，我心头只剩下喜悦。但当朋友问我要不要于卉的联系方式时，我拒绝了。

不久之后的某天，我在地图上搜索了中科院上海分院的地址，在那附近逛了逛。上海这座城市说大不大，说小不小。我既害怕又期待和于卉的偶遇，知道自己一定会认出她。

只是，我不会再与她见面了。

银河的手臂

鲍尔吉·原野

从小到大，看周围，没改变的只有天上的星星。

它们没少也没多，这是我的猜想。我小时候不止一次数星星，但没有一次成功。星空像倒扣的扎满了窟窿的水桶，光从桶外射入。星星像深蓝海滩上晾晒的珍珠，风干后发出贝壳的石灰质的淡光。星星是天外不知疲倦的守夜人，记录着地球的转速。

我看到星星会想到童年。我觉得童年的星星大而亮，离人间比较近，我甚至想说那时的星星也处于童年。为了不让人笑话，这话还是不说的好。我童年生活的地方有两山一河，三层的楼房有三座，最繁华的莫过于满天星斗。那时有个人逗我，说天下只有赤峰有星星，其他地方的夜如铁锅一般沉闷。这人还说那些从火车、汽车上下来的人，都是从外地来看星星的。我听了真是自豪，以为星星是赤峰夜空结出的果实，像杏树结香白杏、桃树结水蜜桃一样。我从赤峰七小放学经过长途汽车站，看见下车的人——他们东张西望，灵魂像被售票员收走了；牧区的人冬天穿着沉重的皮袄，脚蹬毡靴；有人拄着拐棍。我见到他们时心领神会：嗯，又是来看星星的。

小时候，我家络绎不绝地来过各路亲戚，他们先到我家，然后去北京或呼和浩特，还有人奇怪地前往集宁；或者从北京、呼和浩特、集宁到我家休息一段时间，再回他们自己家。一次，我壮着胆子问一位亲戚："你上这儿来是看星星的吗？"他竟想了很长时间，说是的。我又问："那你去呼和浩特看什么呢？"他说看病。

天没亮，我和爸妈乘火车去甘旗卡，马路上所有的路灯都照着我们三个人。我爸的咳嗽像是在问候路灯——它们在寒冷的夜里没结霜花，空气中带着冬天才有的铁锈味。星星挤在南山的背后，说它们潜伏在山后也没什么毛病。

星星从克什克腾、巴林左旗和巴林右旗那边飘进英金河的水面上，我趴在南岸，从草叶的缝隙往河里看——星星在洗澡、在悠游、在串门，而一颗从空中落下的鸟粪吓跑了河里所有的星星。

我今天仰望星空的时候，关于星辰的知识一点儿没增加，而星星既没多也没少。观星使人感觉自己近视，看不清它们，而它们又确凿地存在着。谁也不知道星星是什么，听说它们是发光的飘浮在太空的石头，这只是听说。人到老，对星星的了解也就是这些。物理学家钱德拉塞卡比我们知道得多一些，说星星也会变瘦、变矮。当听说我们眼里的星光是千万年前射过来的时，不知道应该兴奋还是沮丧，能看到千万年前的星星算一种幸运吧？而星星今天射出的光，千万年后的人类——假如还有人类的话——以及蝾螈、银杏、三叶草或蕨类才会看到。如此说，等待星光竟是一件最漫长的事情。

群星疏朗，它们身后的银河如一双宽长的手臂，保护它们免于坠入无尽的虚空。

我决定做个深刻的人

押沙龙

1

我在一篇文章里看到过一段话："少年喜欢把变化挂在嘴上，但他们在内心深处并不相信世界真的会变。他们总觉得青春常在，自己也永远会是这个样子。成年人不喜欢谈论变化，因为他们早已知道万物不定，世事无常。"

我想起了自己的少年时代，想起那个身处变化之中而不自知的少年。他喜欢尝试各种各样的可能性，每种可能性似乎都通向另一个不同的我。但是最终，所有的可能性都一一消失，只留下唯一的一种现实，走向现在这个困惑的中年男人。

我尝试过多少种可能啊。

想想看，刚上大学的时候，我差点儿当了一个二手的哲学家。也不知道出于什么奇怪的念头，有一天我忽然决定自己要变得深刻。

于是，我买了一本萨特的《存在与虚无》。那个时候，存在主义还是比较时髦的。我反复挑灯夜读。前七十页都被我摸黑了，后几百页却还是一片洁白，因为我始终没能摸到第八十页。

书里有很多这样的金句："意识作为（对）不能不是（的）这个意识非正题地存在，这种可能性被揭示为是其所是的这个的潜在性。对象的最初潜在性，作为与干预的互相关联，否定的本体论结构，就是恒常性。"

那个少年被这些句子折磨得发出呻吟："啥？这说的都是些啥？"

他被打败了。

他没有摸第八十页，他失去了成为二手哲学家的可能性。

后来我读伍迪·艾伦的《门萨的娼妓》，才恍然大悟。伍迪·艾伦说自己读哲学读得入了迷。又一次，他读到克尔凯郭尔的哲思："这种将自己与本身自我——一个自我——联系起来的关系注定要么组成自身，要么由另外一个所组成。"

伍迪·艾伦说："这一概念让我流出了眼泪。我想，人家这说得真是太牛了！当然这句话我完全不懂是什么意思，但是只要克尔凯郭尔写得开心，这又有什么关系呢？"

是啊，这才是正确的态度。做人最重要的是开心。只要萨特写得开心，他想要"非正题地存在"又有什么关系呢？

2

我还差点儿成了一个诗人。

当时学校诗社招新，忘了是叫向日葵诗社还是太阳花诗社了。人家看我喜欢读书，还读了七十页《存在与虚无》，就盛情邀请我入社，不过入社前要先写两首诗参加朗诵会。

我怀着激动的心情，写了两首诗歌。当时我读的诗就是拜伦、雪莱、普希金之类，再有就是汪国真之类了。"啊，冬天来了，春天还会远吗？"

结果到会场一看，人家朗诵的都是些神奇的句子，"粉红的战栗是水的味道，你眼中的烟囱奔跑如马"这种。轮到我的时候，想跑已经来不及了，我只能站起来扭捏着念了自己的诗。差不多就类似汪国真《热爱生命》那种"中二体"诗："我不去想是否能够成功，既然选择了远方，便只顾风雨兼程。"

念完了，大家都同情地看着我，那样子活像我带了一集《走近科学：张老汉家的电灯为什么半夜无故点亮》跑去参加普利策奖的评选会。

少年又被打败了，再没脸去参加任何诗歌朗诵会，从此失去了成为现代派诗人的可能性。

后来我又决定当个业余的摇滚乐吉他手。

我买了一把吉他，留起披肩长发，天天拿着吉他嘣嘣嘣、嘣嘣嘣。每天在黄昏的夕阳下，校友们都能看到一个忧郁的年轻人。他抱着吉他，长发及背，艰难地变换着 C 和弦与 G 和弦，一双手在六根弦上顾此失彼，疲于奔命，而且还按不住 F 和弦。

弹了有一年吧，嘣嘣嘣、嘣嘣嘣。一首完整的歌也没弹下来，就落下一头长发，洗头的时候比别人多费一袋洗发水。

终于有一天，他放下吉他，剪去长发，从此失去了成为吉他手的可能性。

我还失去过无数的可能性。

我曾想成为一个理论物理学家，可是我的智商不同意；我曾想成为一个网球健将，可是我的小脑不同意；我曾想成为一个浪迹天涯的旅行者，可是我的性格不同意；就连后来到我写书的时候想成为一名畅销书作家，那些读者又不同意。

3

种种可能性就像量子的涨落。我遇到了现在的我，就像两个人在人海中的邂逅。

在无限的平行宇宙里，也许有一个我在像吉米·亨德里克斯一样弹吉他，一个我在像里尔克一样写诗，一个我在像萨特一样奋笔直书"存在作为存在的映像与自我有非正题但又必要的关联"，也有另一个我像谢尔顿（电视剧《生活大爆炸》人物）一样在研究弦理论和暗物质。

但在这个世界里，波函数坍塌了，这千万种的可能性都消失了，只剩下了一个虽未谢顶但已微胖的中年男子。

今天的我和那个少年，隔着十几年的岁月相望，他不是为了成为我，我也不是为了等待他。

这么说当然有些伤感，但其中也不乏感激，感激那一次次的尝试，一次次的涨落；感激那个苦苦读着七十页《存在与虚无》的少年，感激那个苦苦弹着《花房姑娘》的少年，是他们把岁月变成了生活。

那个什么事情都想尝试，什么未来都想期盼，怎么"中二"都不嫌"中二"的少年啊。

卡波特有一篇小说《感恩节来客》。在故事的结尾，苏柯小姐送给少年一束菊花。当少年离开的时候，苏柯小姐冲他的背影喊道："它们是狮子，你要知道，它们是狮子！"但是他已经听不见了。他对自己携带的东西一无所知。而那些花，冲着黄昏时低垂的青色天幕燃烧，咆哮，吼叫。

每个少年都有这样一束花。只是他们不知道那是会燃烧、会咆哮的狮子，他们以为那就是花。但它是狮子，金黄的花瓣就是它的鬃毛。狮子在他的口袋里燃烧咆哮，他却不知道。

而等他长大到知道那花是狮子的时候，花大多已经枯萎了。

青春期觅食记

连　城

1

读高中那会儿，我有一件一直羞于启齿的事，就是我的胃口突然变得特别大，就像一个永远也填不满的无底洞。加之身为女孩子的我那时脸皮特别薄，因此每回到食堂打饭都喜欢磨蹭到最后，好在人少的时候，我可以鼓足勇气对打饭的阿姨说："麻烦再帮我添一勺饭。"

遇到好说话的阿姨还好，干脆利落地就往饭盒里添一勺；要是遇到不好说话的阿姨，则总是抱着怀疑我会浪费粮食的态度，一句话就把我打发了："你能吃多少哦，吃完再来添。"在众目睽睽之下，我一个女孩子拿着吃得空空如也的饭盒去窗口添饭，还不被人笑掉大牙？这种事情是脸皮极薄的我绝对干不出来的，所以现在回想起我的整个高中时光，在"印象最深刻的事情之一"这种问题上，我心中出现最多的一个答案就是感觉每天都在饿肚子。

　　时至今日，我依然觉得饿肚子是一个求知学子前进道路上最大的敌人。当你聚精会神地听着课，身体里的这座"五脏庙"却偏偏不配合地唱起了"空城计"，哪怕你充满斗志，觉得自己还可以在书海里再战三百回合，也会在肠胃这个"叛徒"缴械投降时先败下阵来。

　　为了应付随时"起义"的肠胃，我的书桌抽屉里备过不少零食，小到糖果、辣条，大到饼干、盒装牛奶。虽不能果腹，但填填肚子，使胃酸不再泛滥还是可以做到的。但久而久之，这个方法也不顶用了。最大的原因就在于，零食吃多了会腻，而且常吃不健康的零食会让我饱受口腔溃疡的困扰。

　　于是，我开始期盼每个周五的到来。我是住校生，由于高中学习比较紧张，我基本上一个月只回家一趟。但是每逢周五，只要小学部一放假，我们高中部的学生也能跟着受益——也可以随意进出学校的各个校门，而不用接受门卫大爷的详细盘问了。同时这也意味着我有机会偷溜到外面"觅食"了。

2

　　"觅食"的地点并不是什么"高大上"的地方，不过是离学校不到两百米的小街。每逢周末，这里总是特别热闹。各种小摊贩齐刷刷地挤到这条小街上卖奶茶、炒饭、煎饼馃子等。这些吃食都是几块钱一份，可谓物美价廉，很受学生的欢迎。

　　但是，我最馋的还是一个不常来的阿姨卖的砂煲粉。砂煲粉在我们当地其实算是一个"舶来物"，是由重庆传过来的。后来在我们这座小城市和一些食材融合，逐渐成了一道特色风味美食。

白花花的粉条用砂煲在炉上煨着，一边煮，一边往里面加豆芽、小白菜、鹌鹑蛋，外加一份炸腐竹，待出锅时放一把炒花生米，加一勺酸豆角，再撒上一把葱花，最后用一个小味碟装上特制的辣鸡块，与粉条一起端上桌。这些辣鸡块是店家将鸡腿肉切丁，再将干辣椒磨粉，加上各种香料炒制的，味道又麻又辣，可以说是砂煲粉的灵魂。

在口袋并不富裕的高中时代，能吃上一碗这样的砂煲粉，对我来说是一种莫大的幸福。

只是有些可惜的是，身为一个土生土长的南方人，我不嗜辣，再加上那时我脸上长青春痘，所以看到辣鸡块总是避而远之。但是有一个姑娘和我不一样，她每回来这里吃砂煲粉，把深蓝色的校服外套一脱，往小凳子上一坐，就冲着老板娘爽快地喊道："阿姨，我的粉记得多给一份辣鸡块。"

3

至今我还记得那个姑娘，脸蛋白白净净的，留着中长发。每回热气腾腾的砂煲粉一端上桌，她就豪气干云地把两份辣鸡块倒进白花花的粉条里，接着用手里的一次性筷子在里面迅速一搅，一层红油便在汤面上翻滚开来，颇为"壮观"。刚出炉的砂煲粉极烫，而辣鸡块又辣得人舌头发麻，她却吃得极香，额头大汗直冒，嘴里被辣得"嗞嗞"直吸溜。

虽然我们并不认识，我只知道她是我的校友，但这段在同一个地方吃砂煲粉的缘分，让我深深地记住了她。毕竟读高中的时候，你很容易在校外看到男生们大大方方地进出各种小餐馆，但是形单影只的女生就很少。那个年纪的女生大多都很扭捏，非要抓上一个同伴才肯出校门。

虽然我不知道她的名字，甚至不知道她在哪个年级，但我很喜欢跑过去跟她坐同一张小桌了。其实还是我那时的心理作怪，总觉得一个人跑出来吃独食被相熟的同学看到怪不好意思的，而和她坐在一起，我就可以假装我们是结伴来吃砂煲粉的"好朋友"，以此显示自己并没有落单。

因为这段一起吃砂煲粉的缘分，此后我便偷偷留意起她来。有时她也并非一个人出来。印象中有一次，她和另外两个女生结伴来吃砂煲粉，她们三个人一边嗦粉，一边叽叽喳喳地说着话。我在旁边听得一清二楚，听到她们说月考考得好差，担心高考分数不能过本科线；又听到她安慰同行的女生："现在想这么多做什么，好好吃粉，吃饱了才有力气考试呀。"

我偷偷笑了起来，心想她真是一个乐观的姑娘，考得好要吃砂煲粉庆祝，考得差也要吃个粉安慰一下自己。总之，借着各种由头，也要嗦上一口香喷喷的砂煲粉，好像这样才对得起恣意的青春。

此后我们又在偌大的校园里碰过几次面，由于我们之间并不熟悉，所以即使碰面也从来没有跟对方打过招呼。很长一段时间后，我才偶然听我们班的一个女生提起，说她是理科某个班的学姐，读高三了，即将毕业。

正读高二的我听到这个消息有些怅然若失，为此后再也没有人和我一样在每个周五的傍晚偷溜到小街吃砂煲粉，也为此后少了一个"臭味相投"的校友。

我们只是彼此青春里的过客。果然自她毕业后，人海茫茫，我们再也没有见过面。

只是此后每每回想起这段为照顾"五脏庙"而偷溜出校门觅食的时光，我总会想起她来，想起我们这段一起吃砂煲粉的"友情"。不知道她现在过得怎么样，是否还像以前一样爱吃砂煲粉，是否还要点两份辣鸡块？

别停下，更美的世界在前方

潘云贵

1

我在 8 岁时就懂得一个道理，爬得越高越能见到更大的世界。

那天吃过晚饭，在我哥的带领下，我试图爬上后院的槐树，再跳到屋檐上看月亮。我哥身材精瘦，身手敏捷，瞬间便由树上跃至屋顶，而我还紧紧地抱着槐树的枝干，腿脚哆嗦，不敢动弹。

而后，夏夜的明月升上来，我哥的眼前没有任何遮挡物，清澈皎洁的月光像溪水一样浸过他的全身，他像住在月亮上的男孩，有月亮一样皎洁的色泽。而我这边，横七竖八的枝条的影子投射在我身上，暗影夺走了我身体一半的领地。我羡慕我哥，那时，他让我知道，一个勇敢的人所看到的世界，是那样辽阔，又那样明亮。

17 岁的一天，我面对学校的一面白墙发呆，日影西斜，每个时刻，影子在上面挪动的位置我都清清楚楚。我太熟悉自己身边的一切了，昨天仿佛跟今天一样，而未来大概也和此刻没有多少差别，我太害怕停在原地的感觉了。我真想勇敢一些，离开家乡，到世界的其他地方去看看。

后来，填报高考志愿时，我不顾父母的反对，选择去离家3000公里的外省上学。大学期间，我认识了一个东北朋友，叫老哈。他其实跟我年纪一样，但他喜欢装老成，还经常穿一身复古范儿的衣服，也不知道是从哪儿学来的。

老哈很有本事，刚满18岁，就轻轻松松拿到驾照，没事就载着朋友四处兜风。他胆子也大，有一年冬天，在冰天雪地里开车，载我去抚远的乌苏镇，我们一下车，呼出的气瞬间如一股烟散去。

老哈不怕滑倒，穿着厚实的衣服跑到前方一块石碑前，招呼我过去。等我走近，才知道他激动的原因是走到了界碑前。"潘，你知道江对面是哪里吗？"他问。我摇摇头。老哈瞬间得意起来，跟我说："是俄罗斯在远东最大的城市——哈巴罗夫斯克。你不知道吧，你现在正站在国境线上呢！"我被他一提醒，也欣喜不已，眯着眼睛望着乌苏里江对面的风景，努力想从大雪覆盖的对岸找寻特别的景致。

"你是不是傻，这大雪天里又隔着老远，看不清的，别费力了。"他继续说，"我每次来这里就特开心，你知道为什么吗？因为如果把国家当成一个世界的话，我们现在就走到世界尽头了。"

我一边听老哈说着，一边用钦羡的目光看着他那张被冻得通红却绽放着笑容的脸，要知道，不勇敢的人可到不了这么远的地方。老哈身上仿佛有永远都使不完的力气，拥抱着这个世界。

2

后来，我硕士毕业，来到一所独立学院工作。与公立院校不同的管理体制以及生源情况，常让我手足无措，并耗损了我的大量精力。从那年开始，我频繁熬夜，脸色变得暗沉，早起时枕边掉落的头发一抓一大把。

那一年，我常在嘉陵江边发呆，身旁友人渐少，往往只有一个名叫孤独的朋友在我身旁。两年后的一天夜里，我凝视着镜子里那个眼白上布满血丝的自己，再无少年时的模样，我大吼一声，蹲坐在潮湿的地板上，对自己说："这不是我想要的世界，我不想过这样的生活了！"这句呐喊一直在我耳边回荡，我下定决心，不管怎样都要离开这里。

次年春天，我递交了辞职信。身旁的同事惊讶地问我："你想好了吗？这里这么稳定，很多人可都想来呢，而且领导挺喜欢你的，还想让你出国交流，你就这么放弃了？"我回答道："我打算考博，继续读书，我想过自己向往的生活，那是我追求的世界。"她停顿了一下，说："佩服你，真有勇气。"我是一个很少会被人夸勇敢的人。那一刻，我笑着跟同事说了声谢谢。

后来，我奋力备考，迎难而上，在南方的城市间辗转，也足足花了一个月去准备能够证明自己实力的材料，我像个推销员一样努力推销自己。四处奔波的日子在飞机降落于故乡机场的那一刻才告一段落。

还好，后来的结果并不差，我拿到了心仪院校的博士录取通知书。

3

在我前往大学的前夜，多年不联系的老哈突然给我打来语音电话，说他大学毕业后被家人安排进一家银行做文秘，没胆再在雪天开车到边境线上了。他顺道问我"博人一笑"的"博"字如何写。我答道，是博士的"博"。接着，我告诉他我辞职去读博的事情。

老哈在电话里笑得很大声，然后吸了下鼻子，叹了口气，说："没想到这么多年过去，当时死活赖在岸上不敢下来跟我在冰面上走的人，现在这么有本事了！"我一边听着他说，一边也因为往日自己胆小的样子莞尔一笑。我发觉老哈的声音已变得沙哑、混浊，再也无法跟过去那个意气风发的少年联系起来，老哈这下真的老了。

时间是一双既温柔又粗糙的手，将世间万物悄悄塑造。

此刻，我正和新朋友往学校的山顶攀登，据说在那里，可以望见高雄市的面貌和台湾海峡广阔的海面。上山的路很陡，朋友在岩壁一侧，朝我喊道："别往下看，勇敢点儿，跳过来！"8岁时，我也听过这句话，当时我哥从树上跃到屋顶上，转身就对我这样喊。那时的我，手脚瑟缩着，放不开，被恐惧牢牢钉在了树上，只想哭，对他说："哥，我怕……"

现在，走过了那么多凶险未卜的路途，度过了那么多孤立无援的时刻，还怕吗？我从一块岩石上跃起，风呼呼地从山顶灌下来，迎着它们，我跳到朋友身旁。"你做到了！"朋友竖起大拇指对我说。

我想成为一个勇敢的人，但这并不容易，或许要用上一生的时间。在这个过程中，每个人都在以自己的姿态成长着。我从不害怕去探寻这个世界的边界，我真正害怕的是世界就停在自己脚下，这是我从 17 岁时就想逃脱的处境。

　　站在山顶往城市的边缘望去，引力如同命运，牵引着这片蔚蓝色的海水，起起落落。岛屿之外似乎有一个新的世界在等着我，我知道自己又该启程了。

　　人生海海，素履以往。

　　相信时间能给予我们信心和可能，慢慢来，只要在走，自己就能拥有世界。

有趣的灵魂在书中相遇

SSBLT

　　是怎么认识她，又是怎么和她成为无话不说的闺密的，我早就记不清了。

　　只是，每每想起这一段友谊，我的脑海中浮现出的就是各类图书。

　　我和她共同的兴趣爱好是看书，而且阅读的喜好惊人地重合在了一起。

　　就像"一千个读者眼中有一千个哈姆雷特"，我和她对同一本书的理解虽然各不相同，却会因为在彼此的思考中拥有的相同部分而产生共鸣，有了交流的欲望。

　　第一次交流是她刚看完《傲慢与偏见》，向我极力推荐这本书。年少的我们对伊丽莎白和达西浪漫的爱情故事十分热衷，对柯林斯自大又充斥着戏剧性的求婚感到可笑又气愤，对宾利小姐的挑拨离间深恶痛绝……我们给每个人物形象都做了分明又不讲道理的分类，无非就是好人或者坏人。对男女主人公好的就是好人，不然就是坏人。我们无非是醉心于跌宕起伏的情节，并没有从中挖掘出什么深刻的道理。甚至，我们对伊丽莎白不如简漂亮而感到遗憾，那时候我们心里总觉得只有最漂亮的女主才能和最帅气的男主在一起。

后来我顺着《简·爱》读了勃朗特三姐妹的其他作品，其中有《呼啸山庄》。第一次看的时候懵懵懂懂，对情节了解得十分模糊，只是凯瑟琳和希斯克里夫充斥着腥风血雨的爱情给我留下了极其深刻的印象。如果一定要说他们的疯狂表现在哪里，我却说不出来——他们的言辞、他们的动作我都记不太清楚了，但我就是能感觉到他们异于常人的毁灭冲动。

那时候只觉得凯瑟琳自私透顶，希斯克里夫冷酷而暴戾，十分不喜欢这两个主人公，反而对苦苦追求女主的欧肖有几分喜爱。她和我在这一点上看法一致，觉得欧肖俊美温柔，百般好千般好只可惜瞎了眼，偏偏看上了凯瑟琳。我们都认为凯瑟琳配不上欧肖，而欧肖对她突如其来的爱情更是莫名其妙。凯瑟琳说："无论我们的灵魂是什么做成的，希斯克里夫的和我的都一模一样。"我们只是将其简单归结为性格不合，但是相比于《傲慢与偏见》，我们模模糊糊地感觉到还有什么东西被我们忽略了，却不知道是什么。

我们渐渐长大，性格越来越合拍，思维越来越成熟独立。正是因为这样，在接下来的阅读过程中产生了大大小小的分歧。

看《飘》的时候，我们的阅读进度基本相同。看完上册，我们都喜欢艾希礼，都厌恶瑞德，对女主人公斯嘉丽，一方面因她轻佻的行为和不分场合的表白感到不适和尴尬，另一方面惊叹于她在战争中凭着瘦弱的肩膀扛起塔拉庄园的勇气和韧劲。

但我们在解读梅兰妮这个人物形象时产生了分歧。她喜欢梅兰妮，觉得梅兰妮善良又聪慧；我却相反，觉得梅兰妮善良得过了头。我和她不一样，她的性格较为温柔平和，我则像一只刺猬，对所有事物都能尖锐地驳斥。她认真地纠正我："梅兰妮并不愚蠢，临死前分明察觉到了斯嘉丽对艾希礼的想法。梅兰妮只是太温柔。"我反唇相讥："就是因为梅兰妮不生气，才善良过头了。知道而不作为比不知道更可怕。"

那时候我的父母正在闹离婚，家里大大小小的角落都飘着战争的硝烟。我无处可逃，只好锁上门，怀着无处安放的悲伤和愤怒读完了这本书。对这本书所有不够正确、不够理性的决策和人物都抱着抨击的心态，以此发泄情绪。在那段时间，我最亲近的父母没有察觉到我的情绪不对劲，反而是她发现了。她问我："你最近是不是心情不太好？"那一刻我真的很想哭。

我有没有哭记不太清了，只是我们的友谊并没有因为阅读上的分歧而出现裂缝，反而更紧密了。

后来我看了《月亮与六便士》，虽然不喜欢斯特里克兰的行为，但我还是很喜欢他的一段话："我们每个人生在世界上都是孤独的。每个人都被囚禁在一座铁塔里，只能靠一些符号向别人传达自己的思想；而这些符号并没有共同的价值，因此它们的意义是模糊的、不确定的。我们非常可怜地想把自己心中的财富传送给别人，但是他们没有接受这些财富的能力。因此我们只能孤独地行走，尽管身体相互依傍却并不在一起，既不了解别的人，也不能为别人所了解。"每个人都是独一无二的，揣着孤独的灵魂行走在这个世界上。大多数时候我们无法寻觅知己，却能找到一个共同走向终点的伙伴。他们不一定要完全相同，却一定要相互尊重、相互理解，能够产生共鸣。

　　于我而言，她就是万里挑一的那个有趣的灵魂。何其幸运，偏偏让我遇到。

逆风奔跑的排球少年

毕桂涛

1

"没错，这是件很单纯的事，无论多么困难的球，去追的理由只有一个，因为球还没有落地！无论处于怎样的劣势，继续战斗的理由只有一个，因为我还没有输！"每次在动漫《排球少年》中听到这段激情飞扬的台词时，我都会热血沸腾，想象着有朝一日，自己也可以霸气地发出这样的呐喊，然后向着天空欢呼表达胜利的喜悦。

我喜欢排球由来已久，喜欢那种逆风奔跑的感觉不知从何时开始。但出于各种原因，我只能小心翼翼地将其埋藏心底。当开学后排球队的学长来宿舍宣传时，我突然心动了，心里默默告诉自己：为何不尝试挑战一下自己呢？做自己从未做过的事，那该是多酷的一件事啊！

2

心中积压很久的那份赤诚，催促着我递交了报名表，一路跌跌撞撞地加入了外院排球队。我依旧记得第一次走到小西湖排球场时的震撼场面。我站在排球场的铁网外，惊叹于每个人身上散发出的朝气和活力，可当我真正踏入场内时，一阵强劲的秋风肆意地吹过来，不仅吹起我的头发，还有我内心一圈一圈的涟漪。他们一个个跳起来接球，一声声疯狂嘶喊"我的！我的"，一阵阵排球与肌肤相触的声音，还有一双双手等待着排球落下。那些少年站着、跳着、跑着、笑着、大喊着，整个球场上有一种令人羡慕的氛围，不在场内的人是绝对不会感受到的。

看着大家努力训练，我跃跃欲试，挽起袖子，接到了学长垫给我的第一个球。啊，好疼！我疑惑地看向排球场另一边，比赛打得热火朝天的学长学姐。为什么他们打得如此厉害，难道不疼吗？

学长停下来问我："怎么样，疼吗？"我咬着嘴唇摇了摇头，假装不疼。可我每次都接不好球，不是打在手腕上就是打在小臂上部，排球打不高也打不远。为什么呢？我搓着胳膊上被排球打出的红印，觉得很不甘心……既然是自己选择的，那就要做到最好。

第二天起床后，我撸起衣袖时愣住了：小臂上全是淤血，红色的肿块一片接一片，紫色的淤血斑点遍布手臂；一伸胳膊，已经疼到完全伸不开的程度。早上去训练时，我对学长说："学长，打排球胳膊真的好疼啊！"学长把冰冰凉凉的手指放在我的胳膊上，一边帮我轻轻按压，一边说道："淤血了啊，我们刚练球的时候也是这样，你掌握好接球姿势和落球点就不会出现这样的情况了。加油，再坚持一下就好了，我也不知道自己当时是怎么坚持下来的。"看着学长笑了起来，我轻轻地点了点头。可是，当排球再次撞到我的胳膊上时，我还是难以忍受，感觉骨头都酥麻了。

3

每次与排球撞击，都像是被人用重物捶打一样，原先的淤血变得更加严重，我甚至一度怀疑我的胳膊会不会因此落下残疾。很多次，朋友和我打完招呼后会习惯性地拍一下肩膀或是胳膊以示亲昵，而这时我就会立马跳开，一边笑一边喊"疼疼疼"。

训练时，学长看见我裸露着的胳膊说："你拉下衣袖来训练吧！我以前买的红花油还挺有用的，你去买一瓶，先热敷一下，然后用手搓淤血，必须揉开才行。要是你下不了手的话，来找我，我帮你揉。"当天晚上，我去宿舍找学长，他用热毛巾敷在我的胳膊上，顿时就传来钻心的疼痛。然后，学长往手心里倒入少许红花油，一股药香霎时弥漫在房间里……那时的我，还不知道这个味道将要伴随我一个多月。学长的手碰上我的淤血处，我几乎是咬着牙、攥着拳忍过去的。学长问我："疼吗？"我有些哽咽地说："还行。"就这样，等到红花油凉凉的感觉逐渐消失，那灼烧的感觉仍在肌肤上久留不去。

那晚，我回到宿舍感觉自己在自虐：为什么要加入排球队？自己又没有选排球课，以前也没有练过，这不是自己找罪受吗？室友实在看不下去了，心疼地看着我的胳膊说："退了吧，真的太惨了，为了一部动漫就加入排球队，也太傻了吧。"我也不明白为什么，自己并没有勇气退队，觉得如果那样做了，就是对自己的彻底否定。

4

几天后，队长告诉我们："我要报免早操名单了，想退队的可以先说。"那一刻，我迟疑了。我摸着自己受伤的胳膊想：再坚持去训练一次吧，要是真的受不了再退队也不迟。果然啊，自己做了一个正确的选择。

再去训练时，我看到一个个青春洋溢的身姿，或是跃起来扣球，或是弯下身垫球，或是扑到地上救球。所有队员一起努力，并肩作战。一声"我来"，是对彼此的信任；一声"我的"，是对彼此的负责。我又一次感受到那天在排球场铁网外令人记忆深刻的热血沸腾。不，这一次更强烈，更感同身受，因为此时此刻我也身处在这个能量圈内。

排球朝我的方向飞来时，学长大声喊了一声我的名字。我想起《排球少年》里的话："听好了，所谓的排球，就是在网这边的全员都是伙伴呀！"望着排球飞来的轨迹，我找准位置，准备好准确的接球姿势，"嘭"的一声，胳膊击中排球发出了撞击的声音，球在空中飞起，恰好越过了球网。"好球！好球！"学长冲着球场中央的我喊道。

5

我第一次发出"过网球"，第一次垫球 20 个来回，第一次看到梦想在 45 度仰角处绽放，都是在大家的相互鼓励下慢慢进步，慢慢成长。今后，我们也一定会变得更加强大，更加充满热忱，更加勇敢地去追赶青春的光芒，去奔赴心之所向的远方。

　　排球又一次被抛向空中，在落日的余晖里裹上了一层淡淡的光晕，然后再落到那群散发着青春光芒的人中间。此刻，我看见他们的目光如翻涌的海洋，为了梦想，为了青春，为了排球少年的无悔誓言。

我的牧羊犬

格日勒其木格·黑鹤

由于幼年时体弱多病，医生建议将我送到空气清新的地方生活，于是我在四岁的时候被母亲送到草原小镇。

我的童年在草原与乡村的接合部度过。

而我相信，草原就是我的幼儿园。

我人生早期的生活知识基本来源于草原，那种略显粗糙的生活让我在以后的生活中受益匪浅。

在那里我饲养过两只乳白色的蒙古牧羊犬，它们母子两代陪我度过了那段日子。因为它们的陪伴，我已经渐远的童年记忆愈显温暖，也更富于追缅的色彩。

刚到草原，因为没有朋友，我特别想有一只自己的狗。这个想法如此的迫切。

后来，我终于有机会去一位牧民家讨要刚刚出生的小狗。我还记得那些细节，两只小狗在草垛边嬉戏，有一只小狗回过头来，静静地看着我，目光略显惊讶，那双眼睛亮极了，是蓝色的。

我选择了它。

那个瞬间的选择注定了我的童年将与众不同，两个生命就那样被紧紧地联系在一起。

那是个干爽温暖的草原黄昏，我抱着这只正试着将我的手指想象成乳头认真嘬的小生命独自回家。我以为自己已经拥有了整个世界——我想每一个梦想拥有一只小狗的男孩，在梦想成真的时刻都会理解那种感觉。

良好的照顾和充足的营养让它迅速地成长起来。那一段时间，外祖母总会发现厨房里莫名其妙地少一块奶干或是丢一块羊肉。我惊讶地发现，它的毛色呈现出一种隔夜牛奶上浮出的奶脂般的乳白，体形比标准的德国牧羊犬要略显粗壮一些。即使那时我还很小，也清楚自己拥有一只品种非常不错的牧羊犬。最重要的是，在以黑色和棕红色居多的牧羊犬中，它显得非常特殊。

我将它命名为查干（蒙古语：白色）。

查干只产过一窝小狗，只有一只存活。我又开始饲养查干的儿子，一只几乎与它一模一样的牧羊犬。这只狗的颜色与它的母亲一样，也是乳白色的。不过，它比它的母亲更加强壮。我可以确信，当时，整个小镇，以及小镇附近方圆几十公里的草原牧场上，像它这样的牧羊犬仅此一只。

我将这只小狗命名为——阿尔斯楞（蒙古语：雄狮）。

除了晚上睡觉的时候，它们几乎与我形影不离。

作为高大凶猛、能够驱赶并且杀死狼的猛犬，它们不牧羊。而我，就是它们的羊。

我离开草原时未能将它们带走。很多年过去了，一年中总有一两次，我会梦到我们在火车站分别的那一刻，它们迅猛地一次次跃起，想跳进火车的车厢。在梦中，我清晰地听到它们的爪子划过火车车皮的声音。

我想念我的狗。半年之后，有草原的亲戚来访，我得知它们的消息。在我离开之后，它们一次次地去火车站找我。它们以为我在那里离开，也一定会从那里回去。

它们一直在等待着我的归来。

在我离开后不久，查干就在去车站的路上被车撞伤，回到家中苦挨几日之后安静地死去。阿尔斯楞开始独自去车站等待我，不过三个月，也郁郁而终。

我想，我的童年时代就是在那个时候结束的——得知我的牧羊犬死去的那一刻，我知道我生命中有些东西永远地消失了。

我失去了童年的草原，我的短暂的游牧生活，我已经远离的最后的古代。

它们从此只属于逝去的时光，或是永远无法企及的未来。

它们存在于那些遥远的瞬间。那时，草原上丰茂的牧草浩瀚无边，可以没过我的头顶，那是最后的海洋。

成长是悄无声息的巨变

方栀柒

16 岁生日那天，没有家人祝我生日快乐。我耿耿于怀很久，躺在床上悄悄流下了眼泪。

第二天便是月假，回家后，妈妈一脸开心地对我说："就等你了，我们一起去给外婆过生日。"我的生日与外婆的只隔一天，他们总说要"好事成双"，便将庆祝活动全部留到了外婆生日这天。

我知道他们爱我，所以我从来不敢将这略显小心眼的计较表露出来。可生活中总有些小事，让我觉得他们对我的爱不够多。

我看着桌上包装精美的蛋糕，恍惚间像回到了 6 年前的那个晚上。

6 年前，我 10 岁生日那天，放学回到家，我一眼便看到了那个大大的生日蛋糕礼盒。我欢呼雀跃，恨不得立刻拆开品尝。妈妈按照惯例说："明天和外婆一起吃。"我只好眼巴巴望着，守在蛋糕前好久好久。

第二天，蛋糕终于开封了，可闷热的天气已经让上面的水果变了味。大人们一边吃着底下的蛋糕，一边说可惜。爸爸调节气氛般叹道："要是昨天小漓说吃的时候，我们吃掉就好了。这么多水果，全部浪费了。"

我也像那堆被浪费的水果，不受重视与喜欢，只能过着一个个自己不是主角的生日。

妈妈没有察觉到我的坏情绪，我垂头丧气，不想多说什么。我希望他们在乎我，但不希望他们是因为我要求才在乎我。

"或许，这也是一种懂事吧。"我一边难过，一边又沾沾自喜于自己的成熟，好像自己的退让是一种了不起的进步。

收拾好东西，爸爸就带着我和妈妈出发了。外公外婆住在 20 公里外的乡村，要骑一个多小时的摩托才会到。在路上，爸爸照旧和我聊天，第 N 次提起我小时候很勇敢地坐在摩托车前座的事迹。

回忆就像山间的清风，总是带着温柔，我被他们话语中潜藏的爱意治愈，心境终于开阔。

山路哪怕修整过，也并不好走。不知是因为地势不平，还是因为不堪重负，新修不久的路已经有了宽宽长长的裂缝，爸爸小心躲避，摩托车还是在一个陡坡上压到碎石滑倒了。

摩托车顺着陡坡往下溜，我们失去了平衡。妈妈坐在最后，来不及反应，直接仰面倒了下去。我大声尖叫，双脚仓皇落地，被侧面的排气管狠狠烫了一下。

在危急关头，爸爸牢牢把住了车头，双腿借力控制住摩托车的下滑趋势，让摩托车原地倒了下去。车身一落地，他就连忙回头问我："没事吧？"

我惊魂未定，将右腿给他看："就是被烫了一下。"

确定没有大碍后，他急忙转身去扶妈妈。所幸妈妈摔倒时用手撑了一下地，又有杂七杂八的小包裹做缓冲，并没有受伤。爸爸问了好几句，总算放下心来。

到了外婆家，熟悉又温馨的环境让我松了一口气。我坐在躺椅上，仔细看着自己腿上那块拇指大小的红斑。爸爸坐在不远处的凳子上，向外婆讲述那一瞬间的惊险。外婆一边翻找着烫伤膏，一边责怪道："摩托车还是太危险了，你们就应该买一辆汽车。"

我知道爸爸早就想买汽车，但家里余钱不多，我上学又需要一大笔开支，就搁置了。以前没觉得汽车有多优越，今天却突然懂了。骑摩托车不仅危险，而且日晒雨淋，冬天更是寒风刺骨。我好像把爸爸所承受的艰辛看得太理所当然了。

我正在反省，外婆已经找到了烫伤膏。我坐在躺椅上伸着腿，眼巴巴等着那管药。妈妈却接过膏药，在爸爸身前蹲了下来。

我忽然反应过来，只被烫了半秒的我都受伤了，在斜坡上苦苦撑住摩托车几分钟的爸爸伤得又该多严重呢？

我站起身，视线终于从我腿上的方寸之地转移到了爸爸身上。

妈妈紧皱着眉头，小心翼翼地为爸爸上药。黏稠的药膏似乎织起了一张细密的网，将空气一点点抽离出我的世界。我心跳如擂鼓，阵阵惊雷在我的脑海回响肆虐。爸爸右腿内侧已经被烫得不成样子，水疱破裂后苍白的死皮已经包裹不住通红的血肉，旁边还有一连串巨大的水疱。

我的心在这一瞬间疯狂地疼起来，疼过后又陷入无边无际的自责与难过中。妈妈涂完药后回身想帮我涂，我下意识将右腿往后缩，羞愧地说："我的腿上没起疱……"

爸爸反而严肃了起来："没起疱也要涂，烫伤不好好治可是会留疤的。"随后他又说："幸好你妈妈没摔伤，也没被烫伤。"

他满脸庆幸，似乎自己的伤不值一提。这样严重的伤在他嘴里好像不过尔尔，可我知道，爸爸当然能感觉到疼，但他害怕松手后，他身后的妻女不知道会遭受怎样的烫伤。为了最大限度地保护身后的我和妈妈，爸爸在那一刻将自己的疼痛封存了起来。

我看着他，忽然有些想哭。哪怕我已经长得高大，可在爸爸心里，我还是一个需要保护的小孩。而我，总强调自己已经长大，实际却斤斤计较，从没有真正站在他们的角度看问题。

长大是一场悄无声息的巨变，前一分钟我还在哀叹自己受的小伤，后一分钟心里就下起了一场足以颠覆所有的暴风雪。我好像懂了，爸爸妈妈从不完美，他们也许做不到面面俱到，却已经为我撑起一片小小的、被爱填满的天。

我多幸运拥有他们的爱。

人生最重要的，从来不是考试

陈　谌

不知不觉距离我高考已经过去了 10 个年头。像一个遥远的梦境，我已经很少会想起那段岁月，只是家里有一本高考前写了一整年的日记，会时时将我带回那个恍如隔世的过去。

当时我在重点高中，但并不算一个好学生，也不怎么努力，成绩一直徘徊在中上水平。我物理不错，但化学严重拖后腿。文理分科前，我对自己说，如果最后一次化学考试我能及格，就去学理科。结果满分 150 分，我考了 89 分。拿到试卷时我仰天长叹，果然这是命运的安排。于是不顾家人和物理老师的反对，我去了文科班。

高三的时候，我有了一点危机感，那一年还算努力，觉得应该好好考个大学。可我依旧是个喜欢偷懒的人，因为觉得文科没必要大量刷题，就索性丢掉了历史、地理、政治几乎所有的辅导材料，只把课本拿出来翻来覆去地背。我还有一个爱好，就是打羽毛球，有一次竟然逃了数学课跑去了羽毛球馆。

现在想来，倒不是我不想努力，而是因为压力大，很多这样的小放纵让我觉得快乐。

高考前省质检，我出人意料地考了全市第八名，让老师们很惊讶，但没一个老师表扬我，而是轮番把我叫到办公室泼冷水。他们都觉得我这个人不能夸，有点小成绩就飘得忘乎所以，这样高考会摔得很惨。

转眼到了高考，福州的 6 月热得快要熔化掉一切。那两天我没有过多的情绪，就好像在完成一个任务似的，独自骑车去考场，考完再骑车回家睡觉，不知不觉两天就过去了。考完最后一门，走出考场也没有一点兴奋或是喜悦的感觉，苦笑着和同学们打着招呼说着话，心中莫名有一种空落落的感觉。像期待已久的一件事情就这样落幕了，没有想象中那么庄严隆重，只有匆忙与喧嚣，像极了人生中的每一场不期而遇与不告而别。

到家后，我坐在电脑前把答案对了一遍，估了一下分。我爸走进来问我大概能考多少分，我信誓旦旦地说，差不多 630 吧。他觉得我在开玩笑。

高考结束后的日子并没有想象中那么快乐，除了上网玩游戏、和同学们吃饭，更多的时间其实都被未知的恐惧和焦虑占据着。好不容易熬到了出成绩的日子，我迫不及待地打开网站输入自己的信息，然后盯着看了好长时间。总分 632 分，我跟我爸说："你看我估分还挺准的。"这个成绩后来被证实是全班第一。

成绩出来后，我着实开心了很长一段时间，家里人也觉得挺有面子的，随之而来的是烦琐的报志愿。那年实行平行志愿政策，每个考生可以报 4 所学校，每所学校报 6 个专业。到了这个环节，有选择困难症的我有点不知所措——对学校有所了解，但专业如何选择，我真的一点头绪也没有。于是，我盲目跟风选择了很多经济学、会计学之类听起来很赚钱的专业，这也为后来的很多事情埋下了伏笔。

我一开始填报的学校分别是浙江大学、武汉大学、厦门大学和中山大学，如果按照最初的志愿，我将成为一名武汉大学的学生。然而在志愿填报截止之前，我上网时看到一个帖子，是关于武大和厦大的区别，有人说武大宿舍没有空调，厦大有。这让我有点恐慌，毕竟在福州这么热的地方待怕了，再让我去一个又热又没有空调的学校那还得了？于是我在最后关头把厦大改到了第二志愿。

其实去厦大还是蛮不错的，因为按照分数和排名来说，我可以选一个很好的专业，但我非常神经质地在第一志愿选了会计学专业。而会计学专业排名全国第一的厦大，它的录取分数比我第一志愿浙大的会计学专业还要高。于是命运和我开了一个玩笑，我最终被录取到了第二志愿排名第六的英语专业。当初我填英语专业完全是为了凑数，因为填完五个经管类的专业觉得稳了，第六个实在想不到填啥就闭着眼睛填了英语，没想到最后误中了。

录取结果出来的那晚，坐在电脑前的我蒙了，我已经完全不记得我报过英语专业。当时的我和出成绩那天的我形成了巨大的反差，我为此抑郁了很长一段时间。毕竟除了空调原因，我选厦大主要是为了学一个更好的专业，而且最头痛的是，我对英语一点都不感兴趣。

之后的日子，我每天都在网上搜"厦大英语全国排名""厦大最好的专业是什么"之类的词条，然后懊悔得捶胸顿足。我安慰自己，没关系，虽然专业排名不算太好，但好好学英语，以后去外企工作，也算前途光明。

真正上了大学以后，所有的事情又往我预期相反的方向发展着：

英语专业学习压力不大，空闲时间超级多，这让我有机会搞乐队、搞社团，还有写作，让我认识了很多人，经历了很多有趣的事。此外，虽说会计学是学校最强的专业，但了解这个专业后，我发现它并不适合我。我开始渐渐释怀，考过了英语专四、专八，感恩自己遇到的这些同学、室友，享受自己的四年大学生活。

只是毕业后，我没有像当初设想的那样去外企工作，而是去游戏公司做了一名游戏策划，后来辞职成了一名写作者。我的很多同学也都做了和专业不相关的工作，银行、保险、航空、教育……

回想起 10 年间的这一切，我感慨不已。高考真的很重要吗？确实如此。但高考也没有想象中那么重要，人生最重要的从来不是考试和结果，而是选择与如何面对你的选择。试想一下，假如当初我化学及格去了理科班呢？假如我好好写高考作文多考了五六分呢？假如我真的去了厦大会计系呢？……或许今天的一切都会变得完全不同，也许在某些节点，我获得了阶段性的成功；但在某些节点，我也因为自己的盲目、幼稚和草率经历挫折。不到最后，你永远不知道这究竟是不是最好的安排。

命运这个东西，真的让人难以捉摸，许多时候误打误撞，反而收获了最适合自己的人生。如果说高考教会了我什么，那就是无论何时，都要抱着一颗平常心去面对成败。只要生活在继续，没有什么事是大不了的，你曾获得的或失去的，都是你的财富。

那些年，我学过的特长

沐长风

1

我的有关画板和彩笔的记忆，要从小学说起。那时父母工作很忙，加之我每天放学较早，他们便问我愿不愿意参加课后的绘画兴趣班。那时的我，最爱逛校门口的小店，柜台里琳琅满目的文具让我眼花缭乱，我最大的梦想，就是有朝一日能拥有这里所有漂亮的本子和笔。于是，机智的我眼珠一转，果断答应了父母。果然，从那天起，我便拥有了各式各样好看的蜡笔、彩色铅笔、荧光笔、水彩笔……望着书包里整整齐齐的"家当"，我既自豪又满足。

我真正开始练绘画的基本功，是学素描的时候。我和一群比我大的中学生一起在一位老师家里学画，我们大多数时间面对的都是白色的石膏模型，有正方体、长方体、圆锥体、球体……练习基本功时总是很枯燥，趁老师不注意，我就缠着班里的大孩子讲中学里的事。有个叫阿澈的男孩总是很耐心地给我讲学校里好玩的事。或许是他声情并茂讲故事的样子太有趣了，那时的我非常渴望长大。

后来，老师开始教我们画人物速写，让我们互相当模特。阿澈自然成了我的不二人选。见我画他，阿澈故意动来动去，让我找不到合适的角度。渐渐地，我和阿澈的关系越来越好，有时课间我出去买了碎碎冰，也会掰一半分享给他。

令我没想到的是，班里的其他小伙伴居然开始对着我们起哄。虽然那时的我还不太懂得这种懵懂的感情，可看着大家挤眉弄眼的神情，听着那些哄笑声，我还是觉得很难堪，恨不得找个地缝钻进去。

那段日子，我非常抗拒去绘画班上课，常常找各种借口在家里哭闹。碰巧，我偷偷跑出去滑轮滑时摔破了胳膊但没敢告诉父母，妈妈看到我胳膊上的伤疤，担心我在绘画班受了欺负，便遂了我的意。

于是，我再也不用去绘画班上课了，也再没见过那个叫阿澈的男孩。

2

高一那年，我在日记本上写下了一行字："原本以为小提琴会给我带来很多快乐，没想到它带给我的眼泪更多。"写完这句话后，我盖上琴箱，五味杂陈的学琴时光就这样被我留在了身后。

算起来，从七岁的稚嫩到十六岁的懵懂，小提琴陪我走过了整整九年时光。舞台上的小提琴手优雅而得体，可事实上，学琴的日子的确有些难挨。起初，几十个人窝在小小的教室里，我们的肩上架着小提琴，正值酷暑，头顶破旧的风扇吱呀呀地转着，汗水从我的脸颊和脊背不停地滑落。那位胖胖的老师有些严厉，一旦出现跑调的情况，他就会罚我们在教室后面做深蹲。我常常咬着牙忍着大腿的酸痛，不愿意掉下一滴泪来，因为我不想丢人。

我青春期最叛逆的那段日子，便是因小提琴而起。忘了是在哪个午后，我遵从老师的要求，开始了每天一小时的练习。屋外传来小孩子们嬉笑打闹的声音，我的手机屏幕一闪一闪的，不用看也知道，那是好朋友们在商量一同出去逛街、唱歌。

我的左肩膀上架着琴，右臂时高时低地配合着上上下下的琴弓，思绪却早已飞向远方。不知怎的，我忽然想起了过去许多个假期里其他小伙伴相约玩耍，而我只能在家练琴的时刻。我的脑子里突然像有什么炸开了一样，冒出令自己大吃一惊的想法：凭什么我不能像其他同学一样随心所欲地玩耍？凭什么我完成作业后还有这么多任务？

想要反抗的欲望蓦地出现在我的心中，我满腔愤怒，却不知该怎样和父母说出自己心中的真实想法。想到多年来父母风雨无阻地送我上课，想到他们买件一百来块钱的衣服都要犹豫许久，却从不在我面前表露自己的艰辛，我感到分外惭愧。摸到自己指尖粗糙的茧，想到自己为小提琴付出过的时间与汗水，也会听见有声音回响在耳畔："此时丢掉太可惜了。"

就这样，我极不情愿地又坚持了一段时间。

虽说我一直埋怨学琴占据了本可以畅快玩耍的童年时光，可从某种程度上来讲，后来，它给了我一段能够满足我虚荣心的青春期。

读中学的那几年，学校时不时会有些文艺活动。于是，琴技还算不错的我便成了舞台上的常客。从胆小怯懦到镇定自若，从性格内向到通过排练认识了许多同校的伙伴，从默默无闻到慢慢有了向我表白心迹的男孩……不得不承认，小提琴带来的光环让过去那个敏感自卑的我自信了不少。我终于能够不再扭捏地和同学们玩闹，也可以大方地与陌生人交谈。如今，回想起关于青春最明媚的记忆，想起那时的操场、绿树、蓝白校服，总有琴声在悠悠回荡。

3

除此之外，我还上过不少课外班，比如新概念英语、奥数、物理……在寄宿制学校度过的中学时代，我少了许多与父母沟通的机会。那时的我叛逆、任性，一次次与父母争吵，一次次在学习时走神、玩手机，对父母的辛苦付出视而不见。

那时的我以为这就是对抗世界最好的方式，直到高二那年，我逐渐开始理解父母的苦心。父母的爱的确是无私的，他们可能会一件衣服穿好多年，可能会在菜市场与人讨价还价，却把大部分精力与财力花费在孩子身上。

于是，我更加明白，当我在纸上一遍遍地画着枯燥的素描时，当我练着琴却在心里燃起叛逆之火时，当我不情不愿地坐在课桌前时，我真正欠缺的，是向父母表明自己意愿的勇气。我该做的，是让他们相信，我已经成长到可以为自己的选择负责的年纪，或许那样，他们会理解我的选择。

可是我没有那样做，我只是在时间的洪流里慢慢丢掉了那些陪伴过我的东西。很多年过去，我还是画不出卡通画，渐渐连五线谱都快不认识了。读了大学后，我真正地找到了自己的兴趣所在——写作。这看上去好像与过去所学没有什么关系，但我明白，正是曾经的点滴，成就了如今心思细腻、敏感多思的我。

我不知道，如果没有那些经历，如今的我会是什么样。可我明白，那些年的笑与泪，早已融入我成长的轨迹。我会记住它们教会我的那些事，然后奔赴下一道风景。

琴　事

申念衢

　　我出生在20世纪90年代的西北，记忆中，那时"素质教育"刚被提上日程，补习班的广告并不像现在这样铺天盖地，人们也并不特别为"孩子不学点什么就必然输在起跑线上"的论调而焦虑。

　　我6岁开始学琴。老师第一次见我，看了我的手指，又听了我唱得并不跑调的童谣后问："喜欢二胡吗？为什么要学？"我干脆利落地回答："不喜欢，是我爷爷奶奶要我学的。"老师哑然，但还是收下了我。小孩子总是真诚直白，丝毫不懂得掩饰。我的爷爷奶奶都是医生，他们在我身上的担心多得引人发笑：拉小提琴怕拉歪了脖子，吹笛子怕得肺气肿，嫌古筝、琵琶太沉怕我背不动……于是才为我选择了二胡。

　　我的第一位老师很严厉，若我拉错，会用鼓槌敲我的手，有时还会罚我一直拉，直到练好，才允许回家。但这是极少数的情况，大多时候，我都能通过检查，甚至超额完成任务。

　　这样的日子过了六七年，一直到我考过二胡十级。在这期间，当年与我一起拜师的孩子，陆续因为"学业忙碌""另有所好"等原因，中断了二胡学习。在这六七年里，也许是性格使然，我从未间断练琴。每当遇到瓶颈，生出气馁之心，爷爷奶奶也总会鼓励我坚持下去。然而，真正令我坚持下去的动力，则是在竞技与展示中，不断得到满足的虚荣心。那时，参加诸多比赛，一次次斩获金奖，足以让我生出骄傲的资本；校内的联欢会展演，更让我在同学们羡慕的眼神里暗自雀跃。那时我不懂得学无止境，只觉得考了十级、拿了金奖，便是到头了。

庆幸的是，这种自欺并未持续太久，改变我的是院子里的王爷爷。他是南方人，不高，瘦，但不佝偻，戴墨色眼镜和灰色帽子，持竹质拐杖，写得一手好字，像极了江南秋风里带着三分邪气的黄药师，颇有些仙风道骨的味道。他的妻子因为腿脚不便不常下楼，他便常常独自坐在院中长凳上，双手撑着竹杖。他喜欢沉默，从不扎堆，可很多时候，我又怀疑他是不是真的喜欢沉默，因为每次看见我，他分明是欢喜的，话语也多了起来。一天，我背着琴下课回来，他叫住我，说我最近拉《二泉映月》拉得浮躁，《听松》倒比以前纯熟了不少。我愣住了。原来这么多年，真的有人在听我琴声的点滴变化。

我上初一时，爷爷去世了。追悼会前，王爷爷是唯一一跑到后厅看望我的人，他叮嘱了很多，大意是今后我还是要好好努力，课业再忙也别放弃拉琴，要坚守初心。追悼会上，站在家属排最末一位的，是我。多半人都是直接忽略我，不与我握手的，但唯有他走过来，用力握住我的手，停顿了几秒。5 年后，他也去世了。清晨，我望着他那再也不会亮起灯的书房的窗，回味着他说过的话，初尝了一些人生的滋味。我忽然明白，他那时说的"坚守初心"是多么可贵。

　　高二那年，我随学校国学文化交流夏令营前往敦煌。在车厢里，一位擅弹古琴的老师对我说："表达一首曲子的欢乐，不是你通过演奏，生硬地拉着人家，指着玩耍的孩子说，'你快看，他们多欢乐'，而是要通过音乐的自然流淌，让听众联想到孩童嬉戏的场景，从而感到欢乐。在音乐面前，乐者不应是刻意引导的导游，而更像造境师，隐于乐中，化于无形。"我开始意识到，琴不仅要拉给别人听，更要拉给自己听，如果自己都无法沉浸其中，又何谈感染别人？

　　我拉琴的心变得静了，不再追求华丽的技巧。从那时起，我的心里埋下了体味意蕴、以慰己心的种子，我沉浸在自己的音乐世界里，感知每一把琴的特质，像对待亲人，甚至给它们都取了名字：沧朱、沧紫、沧碧、沧墨、沧黛、沧珀、沧暖。不明就里的人会觉得这很滑稽，但在我心里，其实每把琴都不一样，在成为琴杆前，它兴许是大户人家旧宅里的桌椅，早就见证了风雨沧桑。我总幻想着它们的故事，然后演绎出不同的情感。

　　距离初学琴已过了10余年，我才忽然意识到，我是热爱二胡的，拉琴甚至已经成为我生命中不可分割的一部分。

　　这种热爱未曾随着时间流逝而消弭，反而愈加深刻。后来，我上了大学，上了研究生，参加了工作，但没有一样与音乐相关，这就如同爱一个人，却无法同他在一起。这种爱而不得，令人痛苦。于是我长期"混迹"在琴行、琴馆，与那些从业者交往甚密，以寻求一种慰藉，仿佛这样，我与音乐的线便不会断，才不算一个外人。

　　再后来，我也有了自己的学生。教学时，我教技术，也教做人。当然，也曾被个别家长质疑不是专业院校出身，我笑笑，不多言语。我想起第三位老师给我讲的一个故事。他当年参加交流演出，遇到北欧一个小型室内乐团，乐手们无一是专业院校出身——他们的身份是小镇上的医生、电工、律师等——但大家配合起来美妙极了。在场之人，无不为他们的演奏倾倒。

音乐演奏的本质是什么？我常常这样问自己。音乐演奏不是标准化，不是说教，不是绝对的对错，不是刻板的印象，不是枯燥的道理。它的本质是自由，是陶冶，是情感和思想的表达，是鲜活的生命，是灵魂的慰藉。

有禅语说："看山是山，看水是水；看山不是山，看水不是水；看山仍是山，看水仍是水。"学琴拉琴 20 余年，我终与自己和解。

如今，我背着琴，站在汹涌的人潮里，孤独得像一个侠客，但心中却藏着隐秘的快乐。

我的作家梦

王虹莲

那时我上初二，学习很差。一天，我们班有几个女生带我去北杨庄偷花——芍药、月季、茉莉。偷花回来，我坐在教室里突然特别难过，觉得不能再这样混下去了。我找到班主任，告诉他我要转学。他问我："你为什么要转学？"那年我13岁，极为坚定地说："我要从头再来。"

转学后最大的变化是，直到中考我都是年级里的第一名。

上了高中，我的文学梦被张爱玲、三毛激发，大量的阅读让我近视了。成绩排名自然也沦为中等。但我不着急，每日路过学校里那些粗壮的合欢树，我便慨叹时光之慢，我的日记本写了很厚，大段的摘抄，无边的暗恋——人在年轻时总会莫名其妙地喜欢一个人，写下一些无以名状的忧伤。

高三时，我开始尝试写一些文章，偷偷寄往《春笋报》和江苏《少年文艺》，还编了个笔名。

寄了也就忘了——少年时光是蔷薇盛开，哪里惦记随性而做的事情？我更不会与人提及投稿事宜。如不发表，岂不让人耻笑。

清明节那日，我穿了薄衫与同学去上晚自习。经过传达室时看到有几十封信整齐地放着，奇怪的是，这些信全写着一个人的名字：沙小舟。我猜想沙小舟必是一个才女，惹得男同学集体写情书，想罢，便和同学往教室方向走。我走到一半，突然尖叫一声往传达室跑。我听见风在耳际掠过——沙小舟，那是我给自己起的第一个笔名啊！

我把那些信抱在怀里，像疯子一样跳着、跑着。学校的丁香花开得要炸裂了，我高兴得流出眼泪来，拉着同学去学校后面的操场走了整整一夜。

我的那篇处女作发表在《春笋报》上，编辑是一个叫孟秋的人。我不知孟秋是男是女，但"孟秋"这两个字地老天荒一样刻在了我的心里。

2013 年 3 月 11 日，我在中国药科大学做讲座。那天，我第一次见到孟秋。我是通过微博找到他的。看到他的微博，我便问他是不是当年《春笋报》那个孟秋？他说是。我提起当年，但他并不记得雪小禅，我说我是沙小舟，他说那自然记得。我与孟秋并未有多少长吁短叹的感慨，20 年过去，萍水相逢的人又萍水相逢。那天，他坐在中国药科大学千人礼堂第一排当嘉宾，我在台上讲到自己十七八岁的这一段经历，只觉心头被什么哽住，我是被这个人领上文学之路的啊。

那些偷着看书的日子

邵颖竹

随园主人说"书非借不能读也",我觉得书是非偷读不能"香"也。

近期一个喜欢的公众号搞赠书活动,参与的方式是晒一张自家书橱的照片,于是我就将爸爸的书橱给"出卖"了。没有想到的是,我刚发送过去,公众号的后台就给我回复:"这书架上的书好有年代感啊。"我的思绪一下子被拉回到一段从这个书橱起源的少年阅读时期。

小学的时候,虽然是被爸爸特意引导养成的阅读习惯,但因为学业的加重,或者是父母总觉得我们小小年纪不适合接触那些情啊爱啊的小说,反而将一些大部头的书藏在了书橱的下半部分。说"藏",是因为书橱的下半部分是一个带锁的柜子。虽然不允许我们过早涉猎成年人的小说,但为了拓宽我们的知识面,爸爸还是在那个年代订阅了好几套彩页的少年杂志,并且在1999年的六一儿童节,送给我和弟弟一套价值不菲的硬壳彩色版《百科全书》,那是我们童年里收到的最贵重的礼物。

书橱的上半部分是能来回拉动的玻璃门，里面摆放的多为爸爸的教学用书，有许多商务印书馆出版的英语语法工具书。我从来没有动过这些书，我们总是朝着父母心愿的反方向成长。

但喜欢阅读的人都经历过一段饥不择食的时期。通常趁着我爸出去喝酒，我偷偷地取出他藏在书桌抽屉里的钥匙，打开锁，从书橱里翻出一本厚厚的小说，然后藏在自己的枕头下面。等到他下次再出去喝酒，我再换一本，如此反复。至于为什么要趁着他喝酒的时间，是因为我爸是个典型的处女座，所以动他的东西要格外小心。我一直觉得他不做谍战片里的间谍真是可惜了，抽屉抽动后位置的细微变化他都能觉察出来。所以我的读书从开始就是一场无形的斗智斗勇。

一般情况下，我的行动是不会被发现的。但是日子久了，总会有例外。

我记得有一天不知道因为何事，我爸揍了我一顿。虽然我一直觉得我是一个很乖的小孩，但小时候总是挨揍挨批。委屈到极点又无可奈何的我，从我爸的书橱里翻出来一本名为《父母的失败》的书，藏在"老根据地"，打算细细地研读一下。我当时的想法大概是知己知彼，方能百战百胜。

最后的结果是因我妈晒被子，恰好翻出来这本书名尴尬的书，后来我刻意地去翻找过这本书，再没发现。从此我的枕头就成了"沦陷区"，幸好此时，我爸书橱里的书已经被我偷看得差不多了，基本没有再能吸引我偷读的书了。

中学时候的同桌，三年未换，我俩的爱好也三年未变。几乎所有的课间，除去结伴上厕所的时间，我俩都是头挤头共享一本小说，由此锻炼出来我俩高度一致的囫囵吞枣的阅读速度。这段时间里，我几乎读遍各类青少年必读的名著和一些当时流行的小说，包括一些青春文学和印象里最早接触的网络小说《那小子真帅》。大概我人生里一大半因读书而感动落泪的时光都在此时。课间是避开老师和家长最完美的时间段，难熬的是每一个精彩的片段中间穿插的数学课、语文课、思想品德课，等等。

印象最深的就是《哈利·波特》系列，我俩从初中看到了高三毕业。之所以记得是高三，是因为第七部出来的时候，我俩在经受了考大学和读小说的艰难抉择之后，毅然决然地要在高考前读完它，并商议决定由我来保存这本书至高考结束。但千算万算最后还是出了差错，我这个大大咧咧的朋友，将买书的发票落在房间里，被她妈妈发现了。于是我俩双双挨了批。这是我为数不多的因为偷看书而被抓包的情形，所以至今都难以忘怀。

记得高一的寒假，因为成绩跌幅较大，我不情不愿地被我爸强制安排到他的办公室里学习。因为放假，整个教学楼里只有我一个人，名义上是让我静下心来，实际上跟关"小黑屋"没啥区别。但是很快我就找到了快乐的源泉：我在一堆杂物里发现了被全年级各科老师收缴上来的各种门类的小说，在那一刻，我的内心简直是狂喜的。于是我每天尤为积极地去办公室里拼命做完当天的习题，然后用一个寒假啃完了那一堆小说。我总能回想起来，那个下过暴雪的校园里，我一个人穿过小花园、操场，一步一步踏雪去读小说的静谧时光。

偷着看书最特别的地方就在于存在种种的"遗憾"，常会产生被突然打断而没有看完的失落感。印象最深的一次是在少年时期流行的一本杂志《80后》中读到爱尔兰诗人叶芝的《当你老了》，文章里只是引用了片段，也不知道出自何处。所以脑海里只萦绕着几句模糊的诗句：

> 多少人爱你青春欢畅的时辰
> 爱慕你的美丽，假意和真心
> 只有一个人爱你朝圣者的灵魂
> 爱你衰老了的脸上痛苦的皱纹

这种遗憾持续了很久，很怕自己在慌乱还书之际记错了信息，再也读不到这首诗，直到以后特意去新华书店买了诗集，当时的遗憾还依然清晰地留在我的记忆中。

很久以后我跟父母交代我整个中学时代都有偷偷在习题册下放本小说的习惯时，他们感到异常惊诧。但我的每一次"偷读"都会被我弟发现。他说他的推断方法很简单，如果哪天晚上我写作业时，中间没有以上洗手间或者喝水吃零食为理由从房间里出来晃荡几次，那就说明我今晚又带了本小说回家。

值得庆幸的是，我弟在这件事上从来没有出卖过我。

随着高考落下帷幕，我再也没感受过贪婪地偷着读书的乐趣了。

"不良少女"成长记

澄　心

1

那是我上初二时的一天，天气如往常一样，没有什么特别。天蒙蒙亮我就被喊醒，恍惚中想起前一天老师说要进行数学考试，我一个激灵爬下床，翻出课本，狠狠地念了两遍数学公式，恨不能拿刀刻在脑子里。

踩着上课的点冲进学校，来到教室门口，看到数学老师端坐在讲台上。我刚要进教室，老师从讲台上迈步下来把我拦在门外，说："你已经不在这个班了，你的座位在楼下的慢班。"

我向教室里看去，原本属于我的位子，坐了别人。同学们有的看书，有的低语，有的笑着摇头，有的趁机打闹起来。我赶紧扭头离开，好像多耽搁一秒，都会带来天大的尴尬。

下楼的路上，我突然想，如果"红旗手"知道这件事，她会不会被气晕？我又忍不住庆幸，幸好我已经小学毕业了，"红旗手"再也不能拿我怎么样了。

2

"红旗手"是我小学的班主任，数学老师，50岁左右的年纪，拥有"教学红旗手"的光荣称号。她每天都像一个斗士。每次考完试，全班同学都被留下，从第一组第一排开始，每人轮流被教棍打一下，边打边问："为什么会出错，为什么就不能考满分？"

有一次，一个屡次做不对题的同学，被反锁在教室里，直到做对为止。"红旗手"可能原本只想着离家近，回去把米饭焖上就来，可是不知怎么搞的，后来竟全然忘记回教室了。被反锁在教室的同学眼看天色越来越黑，便爬窗户出去了。

在"红旗手"的高压下，我们班绝大部分同学以高分考进初中尖子班，也离开了她的管控。可因此成绩纷纷以迅雷不及掩耳之势下滑。

作为尖子班的后三名，我初二时被"遣送"到了慢班。我的闺密也跟我一样，少了"红旗手"的教棍，在数学课上从来不认真听讲。到了慢班，我成了香饽饽，作业有人争着抄，下课被人团团围住，考试自然也有人抢着坐在我周围。我如鱼得水，平时让同学抄作业，考试帮别人作弊。

有一次期末考试，我刚做完试卷，还没来得及检查，后面的同学已急不可待。看着睡眼惺忪的监考老师，我果断地把答题卡传给了后桌的同学。后桌抄完，又传给了他的后桌，直到最后，同学们一一交卷走人，只有我如坐针毡，没有人告诉我，我的答题卡在哪儿。最后其他同学都走了，考试结束的铃声响起来，我不得不在监考老师的怒视下满地找我的答题卡。

于是学校里开始盛传我的种种劣迹："你们听说了吗？那个被尖子班赶出来的某某某，现在可不得了了，在慢班带头闹腾，上课不听讲，下课抄作业，考试作弊，还跟人打架……废了，废了！"

废了就废了吧！

3

整个初中，我有太多自己也说不清楚的情绪，觉得全世界的人都不理解我，身体里像装着一只汽油桶，一点就炸。

有一次中午放学，妈妈像往常一样唠叨我，在听到"不务正业"这几个字时，我忽然暴跳起来："我的正业是什么？我有正业吗？不都觉着我是'差生'吗？不是都把我放到慢班去了吗？差劲才是我的正业！"我一口气说完，饭都没吃就去了学校，留下愣在原地、不知所措的妈妈。

下午第一节是物理课，物理课总是最闹腾的。上课没多久，忽然从前排飞过来一个纸团，同学示意我往后扔，我头也不回，顺手往后一扔。

老师写完板书，一转头，便看见纸团正飞向最后一排的男生，我急忙收回举在半空的手，可是显然已经来不及了。老师对物理课上一贯的喧闹积愤已久，决心杀鸡儆猴。她愤怒地走下讲台："拿出来！"男生乖乖地拿出纸团，老师看了一眼纸团，走到我面前说："站起来，大声读出来！""不是我写的……""念！"

我不记得自己是怎么把纸团上的情书念完的，只记得下午我妈从老师办公室接我出来，回家的路上我们都一言不发。

回到家，妈妈满脸失望地质问我："你究竟在想什么？"我愤怒地摔门而出，竟然把门框给摔散架了。

4

就这样，我浑浑噩噩地勉强混到了高中。

高一的一节语文课上，语文老师老黄让我们描述一下自己。我随口说："我是一个'残次品'。"老黄微微笑了一下，轻轻地摇了摇头，然后说："周末我们家包饺子缺人手，愿意帮忙的同学都来啊！"

周末转眼就到了，几个好友一起约着去老黄家包饺子。我犹豫着，想着自己这个在班里可有可无的透明人，去老师家干吗？可是禁不住好友撺掇，也禁不住自己对老黄日常生活的好奇，我便扭扭捏捏跟在大家后面去了老黄家。

老黄家的厨房非常简陋，连一张吃饭的桌子都没有，一个灶台，几把椅子，却阻碍不了我们包饺子的热情。

我们坐在椅子上端着碗，吃着热腾腾的饺子，和老黄闲聊。老黄给我们讲起他的父亲，他的过往，他在乡村小学教书时家访的经历。

师娘擀的饺子皮，中间厚边上薄，吃起来有嚼头，白菜切碎了拌在剁好的肉馅里，吃到嘴里有些甘甜，和这碗饺子一起被大家记下的还有那份永远暖心的关怀。

自从那次到老黄家包了饺子后，大家和他渐渐亲近起来。他家就在教学楼后面的小平房里，同学们没事老爱往那儿跑。

周末老黄带儿子去爬山，我们也跟着去。老黄骑车，我们也骑车。十几辆自行车呼啦啦从学校出发，丁零零一路嚣张地穿过县城，在稻香四溢的田埂上颠簸。到了山脚下，把车一横，呼的人就到山顶了，竟不觉得半分劳累。站在山顶，心里的舒畅就像山顶的风，恣情肆意。

数学老师老唐，40岁上下，戴一副黑框眼镜，把一双明澈的眼睛藏在厚厚的镜片下。

因为小学和初中的经历，我对数学没有一点信心，功课也确实落下太多。每次拿到试卷，从第一题开始，我就不会做，可是老唐还是会耐心地磨题和讲解。

每一个问题，不管有多简单，到了老唐那里，她都是一丝不苟地从头讲起，我哪儿没懂她就着重讲哪里，哪怕是初中、小学的知识。她讲题的时候非常投入，让人情不自禁地被她的专注吸引。我暗下决心，从第一道题开始，要把老唐发的每一张试卷都弄懂。上课做题，下课做题，放学还做题。碰到不懂的题就去办公室问老唐，问题太多讲不完，老唐就让我去她家，她一边督促女儿弹琴、学习，一边给我讲题。一张试卷讲完，从她家出来，夜空通常已是繁星点点。

那时候，我心里有一个信念，不管怎样都不能对不起这些苦海常作渡人舟的老师。

5

慢慢地，在老师们的帮助下，我一点点摆脱了曾经的阴影。当我的作文有一天被老黄推荐到《语文报》上发表时，当我开始给闺密讲解数学试卷最后几道大题的多种解题方法时，我开始对自己有了新的认知。我知道，自己不再是那件"残次品"了。

高考成绩出来了，我成了我们学校的黑马，尤其语文成绩让老黄笑眯了眼。志愿填报表下来了，妈妈说离家近一点，于是我毫不犹豫地报考了省城的一所师范院校。我要当老师，当一名像老黄、老唐那样的老师。

对于小学的那位"红旗手"老师，在我自己成为一名教师后，我慢慢地开始理解她。她的先生在部队工作，自己常年一个人带着三个孩子，还有两个班的学生。她非常要强，她的初衷也只是要把班级带好。而在生活和教学的双重压力下，她选择了那种简单粗暴却能立竿见影的办法。

作为老师，难免会期待自己的学生更优秀，自己所带的班级成绩能够更突出，所以有时候不自觉地想要"鸡"学生。但因为我的这段亲身经历，我常常提醒自己，要警惕这种本能反应。

教育应该是人和人的连接，而不是人和知识的连接。老师是用生命撼动生命的，就像当年的老黄、老唐，用他们朴实、充满爱的人生撼动我的人生一样，我希望我也能用自己的微光去照亮黑夜中的孩子。

那年冬天，我一直在画白菜

琦 惠

聊起夏天，很多人会想起田间的麦穗，会想起夜里的雨声，会想起冒着气泡的可乐，会想起用勺子挖出一个心形的西瓜，当然，许多人也会想起高考。只是，也有些人会是例外，他们的高考从冬天就已经开始，比如说我。

由于是美术生，我比同级的其他同学提前半年就进入高考这场战役。怎么形容这场战役呢？它是一场非常考验演技的战役！十几个手握画笔的同学挤在一间不足 70 平方米的教室里较量画艺，还要同吃同住。那场面有些像战国时期的百家争鸣，大家虽是彼此竞争却相互欣赏；也有点三国时期煮酒论英雄的感觉，每一位同学都会想方设法地试探其他对手的能力，以防自己是那个"画界小丑"。只不过，这其中不包括我。因为我很有自知之明："画界小丑"正是本人。

我在那个培训机构里，确实是"奇葩"一样的存在——我画的素描人像永远是型不准，毫不夸张地说，他们的五官拼凑在一起是不同型号的阿凡达；我画的人物速写也永远是线条不流畅，他们衣服上的褶皱基本都被我画得像毛毛虫；至于水粉画，基于以上基本的画种我都不擅长，于是我画的花瓶不像花瓶、盆子不像盆子，只是随意涂涂颜色而已。

不止一次，培训机构的老师拿着我的作业，皱着眉头，不解地问我："琦惠，你为什么想学画画呢？"老师委婉地提问，我还是听出了弦外之音——老师只是不好意思说，这位同学，你真的不适合走此路，放弃吧。

那好吧，我放弃。初雪那天，我提着行李，用培训机构退给我的学费打了一辆车，再次回到学校。我的美术老师老田在见到我的一刹那，整张脸上写满了疑惑。从业这么多年，老田早已习惯了自己的学生不相信他的能力，非要跑去北上广"镀镀金"，再去参加高考的戏码。我突然打道回府的确是一件令他感到意外的事情。但老田最终还是什么都没有问，他只是上下打量了我一下，说："你直接回美术教室，还没吃饭吧？你在教室等老师一会儿。"

"嗯。"我轻声应答。

我看着外面的大雪，若有所思。有那么一瞬间，我感觉自己就像在雪地里迷路的小羊，不知道接下来要去哪儿，也很担心前方根本无路可走。好在，正当我焦虑地想哭时，老田推开了门。

他朝我晃了晃手里的塑料食品袋，说："老师给你买了个鸡蛋灌饼。但如果你想吃，必须先跟老师同时画一幅水粉白菜。"

"我不画！"我的第一反应确实是拒绝老田的提议。毕竟对于画画这件事，我已经产生了排斥心理。奈何，我实在是太饿了，也就只能是想一想，然后撇着嘴撑起了画架。

我的画笔开始在纸上沙沙作响，渐渐地，老田的声音也开始环绕着我。他宛如一台复读机，一边画着白菜，一边唠唠叨叨："中黄加中绿加白，是白菜叶；群青加白加柠檬黄，是白菜暗部……"我本就是个"学渣"，老师既然报出了答案，那为什么不抄呢？我在老田的各种重复中，手忙脚乱地找相应的颜色，接着调颜色、上颜色、涮笔……

一阵忙活，等我画好水粉白菜时，鸡蛋灌饼已经凉透了，外面也不再飘雪，天空中挂着几颗星星。而当老田每天都以请我吃饭为由，把我"强行"扣下画水粉白菜且画了厚厚一沓之后，已是寒假前夕。

为了庆祝放假，在正式参加高考之前喘一口气，我决定和同学出去吃火锅。既然当天不吃鸡蛋灌饼，那我也就不用再在放学后画水粉白菜了。我很开心地与老田道别，又在要迈出门槛时，收住脚，回过头。

"老师当年就是靠着画白菜考上了大学，老师的诀窍已经教给你，你放假后就别再回来了，继续出去学习吧。"老田低头收拾着自己的画具，没有看我，仿佛在自言自语："你记住，高考有时候考的是意志力，而且，你的色彩感天生是适合画画的……"

他始终没有抬头，似乎在与空气对话。我看了看老田，紧接着，望向了窗外的太阳。

不可能的。

放假之后，我不可能不回来的。每天放学后，我早已习惯了站在靠窗的位置，与老田较量。每每那时，会有落日的余晖洒在画纸上，它们让整幅画都有了生机，让我因练画而冻伤的手逐渐痊愈，也让我的心里不再长出苔藓。更何况，我是在这间教室里才修炼出了"武功秘籍"，培养了耐力，还得到了肯定。我不仅会再回来练习画画，还会把老田说的那句"高考有时候考的是意志力，而且，你的色彩感天生是适合画画的……"当成可以成功的咒语。

这确实是一句咒语。

它在我参加艺考的那天发挥了作用。在考场上，我默念着这句话，想着那画了一沓的水粉白菜，很自信地画下了第一笔、第二笔……它在我准备文化课时，也依旧是一句咒语。那曾让我严重偏科，继而不得不去学画画，令我头痛、流泪的数学，我在面对它时，竟也会情不自禁地告诉自己：你很适合学习数学，你可以学好。高考那天，看着散发出油墨香味的试卷，我想起的不再是寒冷雪夜，而是雪后的太阳……

我比以往更有信心去打好这场仗，也确实打赢了。这源于老田对我日复一日的训练，源于父母在我灰头土脸从培训机构回家后的包容与鼓励，更源于我心态的调整。

毕竟，提前经历高考和真正经历高考后，我明白了——十步之内，必有芳草；百名之内，必有顶寇。英雄，并不是用距离、名次来衡量的，而要以独特的气质、卓越的品质、超强的意志力以及自我信念来评判。也是高考让我看到——越来越多的少年都成长为英雄，他们在面对这场战斗时，有勇气、有信心，也有毅力。他们也都知道了——高考不仅是通往大学这个梦想殿堂的必经之路，是人生重要的转折点，更是事关自我锤炼的一次考试。无论结果如何，只要我们在这个过程中尽力了，便无悔；只要我们成长了，就已经胜利通关。

春天睡了，种子醒着

刘　同

我和豆芽因为初中同班而相遇，又因为成绩总排在后几名而成了朋友。说来也怪，成绩差的人从不喜欢看自己的试卷，也不计较多少分，我俩却喜欢攀比。"你看我 48 分，比你高两分。""你才 51 分，哈哈哈，我 58 分。"

老师对于我们这种奇怪的好胜心感到不可思议，当着全班同学的面大声呵斥道："你俩比来比去好意思吗？一个倒数第四，一个倒数第五。你们的人生有目标吗？"豆芽大声说："有的，老师，我的目标是比他好就行了。"他严肃地指着我，全班同学哄堂大笑。

我俩都戴厚厚的眼镜，有时他的眼镜摔坏了，就会直接抢我的眼镜戴，也不顾度数不一致，一戴就是一天。

"你爸妈怎么不给你配一副新的呢？""要你管！"

老师为了照顾我们的视力，把我们安排在第一排，后来发现我们上课从来不看黑板，就一点点往后调，直至最后一排。

开家长会的时候，我俩的家长总是同时缺席。豆芽问："你爸妈呢?"我说:"我爸妈都在医院工作,特别忙,昨天刚到一批严重烧伤的病人。"

我问:"你爸妈呢?"他说:"我爸妈都在经商,昨天刚到了一批特别稀缺的货。"

这么一对话,他就对我父母充满了敬仰,我对他父母充满了好奇。

中午放学,我决定跟豆芽去他家看看。他家住在市郊,要走很长一段山路,再从田野中穿过。豆芽家住的是平房,三间房连在一起,只有一个院门。从围墙外面看,三间房以及整个院子都用黑油布盖得严严实实的,比我爸的手术室还吓人。我站在门口不敢进去,豆芽大喊一声:"妈,我同学来啦。"

然后就看见豆芽妈妈穿着塑料围裙红光满面地站在门口,用一口乡音极重的普通话欢迎我:"快进来,快进来,豆芽说你是他最好的朋友。"

我跨过门槛,被眼前的景象震住了:院子里放了几十个大铁盘,里面种满了豆芽。

"你不是说你家是经商的吗?"

"是啊,卖豆芽的。"

"你不是说你家都是卖很稀缺的货吗?"

"这一批货很好啊,好豆芽本来就稀缺啊!"

"卖豆芽是经商吗?"

"你瞧不起卖豆芽的?"

"……"

豆芽父母生了三个孩子,因为豆芽的外公外婆不同意这桩婚事,所以他们带着三个孩子从农村跑出来，在我们这个小城市的边缘安身，靠卖豆芽为生。

豆芽妈妈一边招呼我坐下，一边问豆芽："你下午能不能请假啊？下午我和你爸要把这些豆芽都弄到市场去。"豆芽求救般看着我，我连忙说："下午要考试。"豆芽妈妈说："考什么试嘛，反正成绩也不好，考了也没用。"也许是当着我这个外人的面被妈妈批评，豆芽面子上挂不住，有点儿生气："谁说我成绩不好？我比刘同好。你不信问他。"豆芽妈妈看向我，我看着豆芽支支吾吾地说："是的，豆芽成绩比我好，每次考试都比我高很多分。"豆芽妈妈说："会算数就行了，学习再好也没什么用，最后还是要回来卖豆芽，我和他爸忙不过来啊。"

从豆芽家出来，我问他："如果你考不上大学的话，是不是也要回来卖豆芽？"豆芽摸了摸自己的后脑勺，给了我一个莫名其妙的答案："考上大学也许还要回来卖豆芽吧。""为什么啊？""我爸妈都不让我读书了，希望我初中毕业就回来帮他们，我还有弟弟妹妹要读书。"

一路上，我俩都没有再聊天。等到他把我送上大路打算回去时，我突然问："反正你也不打算读书了，那你干吗还那么在意分数要比我高啊？"他想都没想，脱口而出："比你高，是我觉得唯一有意义的事啊！"我好像突然明白了，为什么他的眼镜坏了家里人不给及时更换，为什么他的家长不参加家长会。我是因为害怕叫父母，而豆芽是父母根本不打算让他读书了。我好像也突然明白了，为什么他从来没想过要考大学，他未来的生活早已被束缚在了那方狭小的天地里。

那天之后，我们好像什么事都没发生过一样，该笑笑，该闹闹。

可我一直在想应该怎样和豆芽聊聊，只是初中的我尚且不知道如何突破自己的迷茫，哪有能力去拯救别人的命运？我希望有一天，当我能像大人一样说话时，一定要好好跟豆芽谈谈，告诉他那样顺从就是不对。

可是还没等到我长成大人，豆芽就退学了。原因是豆芽的爸爸在市场上被人打了，伤得很严重，凶手又逃了，他爸爸卧病在床，没法再维持这个家了。

豆芽离开的那天，把所有的东西都收拾好，又打开书包把他最爱惜的一支笔递给我。"这是我用压岁钱买的钢笔，好用，反正以后我也用不到了，就用来报答你借我那么多次眼镜吧——虽然每次戴都头晕。以前我的成绩总是比你好，我走了之后，没有人再压着你了，你要好好念书，超过别人，不要丢脸啊！"

"……你以后肯定还有机会读书的，千万不要放弃。"我嗫嚅着说出这句话。

"哈哈哈，我终于可以不用上课了，我才不要再读书呢。你把我那份一起读完吧。我走啦，就不和别人告别了。"

他潇洒地转身，头也不回。看着他的背影，我很难过。不是因为我只剩一个人了，而是他只剩一个人了。

后来，我跟我妈去市场买菜时，与他偶有相遇，可惜我们聊不了几句他就要忙着招呼客人。我妈夸他脑子很灵、嘴很甜，不读书可惜了。每当这时，豆芽就会笑起来，说自己不是读书的料，卖豆芽其实也挺好。我总是很尴尬地站在旁边，希望妈妈赶紧带我走。

有时，我也会偷偷地跑到菜市场远远地看着他，想打招呼，又不敢。有时没客人，就看见豆芽一个人坐在凳子上，呆呆地看着远方，也不知道在想什么。

后来，我考上了高中，想了想，到菜市场把这个消息告诉了豆芽。豆芽的眼睛突然就亮了起来，他动情地说："你能考上高中真了不起，如果你能考上大学，我就更有面子了。带着我的那一份，好好读。"那一刻，我知道，其实我们还是初中的同桌，即便他转身也从未走远。

豆芽请我到路边摊吃饭，聊到他的生活、家里的生意：他爸爸身体恢复得越来越好，打爸爸的凶手抓到了，也赔了钱给他家；弟弟妹妹读书了，成绩都比他好；现在整个市场，他的豆芽卖得最好。说到这些的时候，他很骄傲，我也觉得很骄傲。

现在的豆芽很了不起，一个人承包了整个菜市场，专门辟出了一块地给交不起摊位费的菜农。年前，他给我打电话，说要开通送菜上门的服务，问我什么样的技术能够实现。我一一给他解答，也给他介绍了一些懂技术的朋友。介绍他的时候，我从不说他是一个大市场的老板，只会说他是我们那儿卖豆芽卖到第一名的兄弟。大家听到之后都很佩服。

高三那年，我们写过的接龙小说

华明玥

一

升入高三不到一个月，我们班有一个男生逃学5天。

确切地说，这个男生并没有逃学，只不过他没有进教室刷题，而是坐在学校一棵巨大的石楠树的树冠里，读了5天小说。

9月底的天气很舒适，石楠树的叶子在校园里筛下无数清凉的阴影。那个男生赶在高三学生下课前去食堂吃饭，吃完了继续回到树冠里，俯瞰我们这些做试卷做得目光直愣愣的同学心不在焉地敲着饭盒从树下走过。那时，他是一种什么样的心情？是获得了灵魂自由的欢喜，还是众人皆醒我独醉的惶惑不安，我们无法揣测。我们只知道，他的家长以为他来上学了，而老师以为他生病了，在双方管理的漏洞里，他做了一件寂静又疯狂的事。

最终，他被发现了。宋老师找他谈话时，他说，他不想参加高考了。某一天，他被8套试卷轰炸后，终于推着自行车走出校园。他望见了月亮，月亮在那一天有了毛茸茸的晕圈，它近乎怜悯地俯瞰着他，仿佛含着泪。一种前所未有的自我怀疑侵扰了他的心——一个人的18岁，应该就这样埋头赶路吗？应该被成百上千张的试卷"切割"吗？所有的人都在"刷题—备考—刷题—备考"的闭环赛道上奔跑，这样做究竟对不对？如果翻过这个赛道的栅栏，去看看外面的世界，就一定是离经叛道吗？

二

老师们竟说服家长原谅了那个男生。宋老师还安慰那个一夜之间爆出口疮的老父亲："我们的课在高二就教完了，现在，只要他愿意来学校，上不上课，刷不刷题，可以让他自由选择。"

宋老师"诱惑"男生回教室的手法也很别致：他给了男生一个16开的大本子，这个本子的背脊上穿了一根绳子，可以挂在教室后面的黑板旁边。宋老师说："你读了那么多小说，这会儿一定手痒。反正你也不想听课，来了就写写小说吧。如果嫌教室里吵，可以去体育教研室放器材的房间写，那里也有两张课桌。"宋老师说服体育老师，给了男生器材室的钥匙。与此同时，宋老师提出的要求是：小说必须是接龙式的，除了这个男生，其他同学也可以写，因此，男生写完后，要把本子立刻挂回教室。

宋老师在班上宣布这件事时，所有人都露出难以置信的眼神。而那个男生若无其事地接过本子，不到两节课，就写出了接龙小说的开头。对了，"石楠树王子"写下的接龙小说开头，就像如今的穿越文：

"有一天，他推开了那扇早已被风雨侵蚀得千疮百孔的沉重木门，就在推门进入的那一瞬间，他仿佛被门槛或者一股神秘的力量绊倒了……等他醒来，已经在盛唐长安的市集上。此时的长安烟尘弥漫，每一寸土地都在发出焦渴的呼喊。经历了长达40天的大旱，这一天，风里突然有了雨气，可以看到西边的云朵仿佛千军万马，正在聚集。忽然，大雨瓢泼而下，雨点打在他的斗笠上，像白色的珠玉跳动不已，到处都是雨的急管繁弦，白茫茫的水泡笼罩着街巷。市集上的人几乎在一分钟内就消失了，他预感到有什么大事即将发生，握紧了剑柄……"

20多年后，这个锐利、苍茫、风云诡谲的开头，我还能一字不差地背出。它如同一只巨手，把我从压抑、按部就班的高三生活中拖拽出来，让我意识到，在这风平浪静的教室之外，可能还有另一个世界，一个由想象力构筑的世界。很多年以后，当我看到《长安十二时辰》《两京十五日》，甚至看到《北京折叠》的时候，都能想起"石楠树王子"。我当时就意识到，这个躲到体育器材室写作的男生，此前之所以承受了不被理解的苦，是因为他有着与我们全然不同的思考方式。他的能量就像一条宽阔的大河，被挤压到一线天一般的峡谷里，爆发出震耳欲聋的轰鸣声。如果人们不理睬这种轰鸣，两岸发生破溃，造成泥石流，都是有可能的。

我们的班主任，采用疏导减压的方式，开凿了一条"人工河"来引流，终于使峡谷中的怒涛不再那么汹涌。这条人工河，就是这个手感极好的写作本子。

三

写了几天后，男生下巴上灌脓的痘痘开始消退了，他脸上愤懑的、紧张对峙的线条开始松懈了下来。他不常待在体育器材室了，有时回来上课，月考的试卷也做了，尽管排名有所下降。

一开始被他独霸的本子上，很快出现了别人的字迹，各种各样的手写体，纯蓝墨水的、蓝黑墨水的、圆珠笔的……与此同时，有的同学负责在每一段情节的后面写四句小诗，指引情节的发展方向；有的同学以押韵的章回体标题，将既有的情节梳理总结。小说已经不是"石楠树王子"一个人的作品，而是成了全班二三十人的共同创作，所有人的好胜心都被激发了出来。而这种好胜心，不是去拦阻别人，将小说情节写"死"，而是替后来者埋下无数的机关与伏笔，预备下火石，让后继者可以随时点亮灵感，将故事写到"行到水穷处，坐看云起时"，拐过弯去，又是一次柳暗花明。

很多的人生道理，我们都是从接龙小说中习得的：与你竞争的人，也是你的队友；竞争从来不是去给别人使绊子，而是与自己掰手腕；做人留一线，日后好相见；作文留一线，续作有波澜……

回想起来，我很佩服宋老师所做的选择。在那么多高三班主任都在抓升学率的时候，他为我们冒了一次险。他尝试不用缰绳去驯服烈马，而是以小腿轻柔的夹持与敦促，让烈马感受骑手的善意，从而逐渐放缓踢蹬与狂奔，最终被引领到正确的赛道上去。

本子上残留的哑铃铁锈气、篮球胶皮味越来越淡，相反，被食物沾染的味道越来越浓。没错，在高三，写小说只能见缝插针挤时间，很多同学为了抢着记下自己的所思所想，经常叼着学校食堂自制的面包写，或者嚼着方便面写。

高考那几天，出乎意料地平淡，就像水塘里的一尾鲶鱼一样迅速从我们手中滑走了。

时至今日，我已记不清高考的内容，记不清那些一起你追我赶写小说的同学的容颜，可我清晰记得小说中每一次破空而响的转折，记得"石楠树王子"被中国海洋大学录取，记得高考结束后宋老师买了一筐学校食堂自制的面包给我们分享，说要让我们记住"高三的味道"。

之后许多年，我眼前不时会晃过宋老师的笑容，晃过他在告别那天高举的16开大本子。他说，那是他从教生涯的最佳收获，胜过一切奖状与勋章。

青春不是谁的独家舞台

程则尔

1

高二那年，仗着发表过几篇文章，我的野心成倍膨胀。

有一天，班主任找到我，说学校文学社缺骨干，她第一个就想到要推荐我。

凭着班主任的推荐这一"通行证"，我破格加入了文学社。社里指定由一个叫羽思的女同学手把手带我。很快，我摸清了现状，其他人在高一时就已入社，羽思虽与我同级，但社龄长我一年，已被视为下一任社长人选在培养，而我是作为副社长人选被邀请进来的。

纵然局势基本明朗，但竞聘上岗的程序还是得走完。伴随着竞选的进行，不负众望的羽思已提前进入社长的角色，但无人听见我心中突然萌生的躁动。

虽然我资历不如羽思，但文笔胜她一筹，我的果断与胆魄也是羽思这类踏实型选手不具备的。上述优势，使我自认为更加适合当"领头羊"，我决定去争取一次逆风翻盘的机会。

接下来的竞选，我把目标改为社长，下足功夫准备每个环节，就连两三百字的自我介绍都反复修改了六七遍。当我自信地将对文学社的未来规划娓娓道来时，负责面试的学长们惊诧的表情变化，让我看到一缕胜利的曙光。

我作为新成员就当选社长尚属首次，在当时也算是爆了冷门。意外落选的失落被羽思悄悄地收拾起来，她迅速切换到副社长这一身份，工作上没有丝毫懈怠。我们的合作很顺利，成功举办了成员招新、征文比赛等活动。

随着高三学习压力的增大，我和羽思不辱使命，如期完成社团的工作，各自投身书山题海，并在高考之锤最终落地后，离散天涯，成为对方好友栏中一个安静的头像。

2

偶尔忆起年少时那次踩在别人肩膀上取得的胜利，以及羽思黯然的背影，我都会怀疑自己是不是做错了什么。我也和当时负责面试的学长探讨过，对方告诉我："当年我们心目中的社长人选就是羽思，但没想到被你的表现打动，最终经过艰难抉择才选择了你。"

彼时，我已是一名大学生，满心的冲劲，因为学生会的招募启事而再度沸腾。然而，我在兴冲冲地去报名时才知道，此次选拔学生会主席，只面向大三的学生，还在读大一的我无缘参与。我决定再像高二时一样为自己争取一次破格的机会，续演一段口口相传的校园传奇。

我把发表过的文章与获奖证书装订成厚厚一本简历，鼓足勇气拜访了负责竞选工作的老师。老师热情地接待了我，但在得知我的目的后以微笑委婉拒绝了。

"我认为我的能力与对学生会主席的要求是匹配的，只要足够优秀，不是大三学生又有什么关系？"我忍不住当场问。老师没有生气，平静地抛出一个问题："你觉得选拔学生会主席的目的是什么？"

我答道："当然是让大家得到锻炼。"老师点点头，但之后他一番直白犀利的解答，在多年以后仍旧清晰地回荡在我的耳畔："社团、班委会、学生会，学校设置这么多平台，并不是为了把优秀的学生筛选出来，而是尽可能地为所有人搭建成长的舞台。学长们足足等了两年才得以上场，如果你先上场，他们就会错过这个宝贵的机会。"

"散发自己的光，但也不要吹熄别人的灯。"原来是一场善意的"潜规则"。

3

学生时代，追逐荣誉重要吗？当然重要，进取心乃生而为人的必修课，但懂得退让与欣赏，珍惜他人的羽毛，也同等重要。从事人力资源管理工作的友人曾告诉我，一味想要突出自己的人，往往欠缺团队意识与大局观念，哪怕再优秀，他都会谨慎考虑。

凭什么奖学金评给了他？为什么晚会主持人最终没定为我？没竞选上学习委员我做错了什么？常能听到少年们各种各样的委屈和抱怨。我想送给他们一句话：青春并不是谁的独家舞台，每个人都有闪耀的权利。

现在，我很想穿越时光回到高二，向羽思说一声抱歉。她在自己喜爱的天地辛勤耕耘许久，我不应该贸然抢夺鲜花与果实。优秀与得到之间并不能简单地画等号，认输并不表示失败。成长路途中，跟能得到什么、站上什么位置相比，并肩战斗的经历更加难能可贵。

至今，我仍感谢那位老师的恳切言辞，他教会我的不仅是一种谦让的品格，更关乎格局、关乎气度、关乎如何成为一个大写的人，让我在往后的时光里能由衷地为别人鼓掌，真诚欣赏每一束亮着的光。

愿你能成为主角，也能演好配角，能够随时证明自己，也能够随时将自己蜷缩。

每一步都是最好的礼物

孙　静

　　大二那年参观一家历史博物馆，巧遇博物馆招募志愿讲解员，我当场递交了报名申请。等待考核的日子里，我花了5天时间背熟了1万多字的讲解词，还用手机反复录音，以确保吐字清晰、语速适中。为了弄清每件展品的位置和出现顺序，我成天泡在博物馆，并请全班同学来做游客，模拟带人参观的现场。

　　功夫不负有心人，现场考核那天，我熟练大方的讲解获得馆内老师的一致好评，顺利通过了考核。我终于成为一名志愿讲解员，讲解时间定在周六——每周我唯一空闲的一天。

　　博物馆离学校较远，来回需要3个小时。夏天，光挤公交车就要出一身汗；冬天，即使全副武装也冻得直哆嗦。但每次看到游客提前在场馆门口等候的场景，我稍有动摇的意志就又坚定起来。不少游客会全程跟随我，认真听我讲解细节，结束时也不忘报以掌声和感谢，这些都是我坚持的动力。

　　我在博物馆义务讲解了3年，无工资无报酬。原以为这只是学生时代的一段特殊经历，没想到它却给我带来诸多惊喜。当初为应对游客的提问，我熟读了近百本与现代史相关的书，这竟然成为我考研路上的一大助力；我参与了近百场讲解，接待游客近万人，这无形中提升了我的公众演讲能力，为自己日后的职场生涯做了很好的铺垫；3年的义务讲解、近百趟的来回奔波，很好地锻炼了我的耐心和毅力，每当受挫时，这段有始有终的体验都给了我莫大的鼓舞。本是无心插柳，这份认真却给我带来了意外之喜，世上果然没有白走的路。

一个朋友在新媒体公司专职写稿，有段时间她突然迷上摄影，买了相关的专业书，报了学习班，还花两个月工资入手了新设备。有同事听说后，劝她别瞎折腾，有这闲钱还不如留着去旅游。朋友不为所动，继续埋头学习。

此后半年，每到周末，大家都忙着补觉、逛街，她却窝在家里看书、听课。晦涩的专业书，她一页一页地啃，光笔记就做了厚厚一大本。她有空的时候会去户外采风，有一次为了拍摄阳光穿过树叶空隙的场景，她躺在地上半个多小时，直到抓取了自己满意的瞬间。辛苦学习半年，朋友的拍摄水平获得专业老师的认可；出门旅行，大家也都抢着让她拍照。

去年，她所在的新媒体公司接手了一个美食公众号，她的摄影技术恰好派上了用场。因为摄影技术过硬，出片效果好，为新号运营增色不少，最后朋友被提拔为这个美食公众号的主编，待遇也相应地水涨船高。

很多东西就是这样，学的时候看似无用，在别人眼里甚至是浪费时间，但最后就是这些看似无用的东西会给你带来出乎意料的价值。你耐心学过的技能，哪怕在当下看起来没有收益，也会在未来的某一刻给你带来转机。

著名画家齐白石，年轻时为养家糊口做过 11 年木匠。做木匠学徒时，齐白石认真临摹，大胆创新师父的全套雕花图案，凭借纯熟的手艺和独特的构思得以出师。之后他走街串巷，做床橱、妆奁。27 岁那年，齐白石师从胡沁园，重拾绘画，意外的是，十几年练就的木匠手艺，给他的创作带来了极大的帮助。长年走街串巷，深入百姓家，使得他的绘画作品更具烟火气；长期操刀木工活，手、腕、臂得到充分锻炼，这让他在印刻上无师自通，最终成就了独具一格的篆刻风格；更重要的是，因为精妙的雕花工艺，他才得遇恩师胡沁园。做木匠本是迫于生计，但这段生涯却为齐白石日后的绘画、篆刻打下了坚实的基础。

人生中每个脚印都是相连的。没有白费的努力，也没有碰巧的成功，一切机缘巧合其实都是水到渠成。耐得住寂寞、守得住时间，到最后你会发现，你付出的每一分努力都会在人生的某一刻派上用场。

你用心走过的每一步，都是送给将来最好的礼物。

水　晶

八月长安

　　我妒忌世界上所有数学学得好的人，从过去到现在。

　　被奥数折磨过的人都有过一个怀疑自己的过程。人们总爱说"人人生而平等"，小孩子又把这句本来用于阐释人权的名言理解到了天赋方面。直到有一天，他们发现，原来大家并不"平等"——就像我绞尽脑汁也无法解答的"鸡兔同笼"问题，在某些人眼中却像解开鞋带一样容易。同样圆圆的脑壳里刮着不同的风暴，我无论如何也看不懂造成这种差异的缘由。

　　我第一次想要问"凭什么"，差点儿忘记了当我春风得意时，也一定有人对着天空默默地问："凭什么？"

　　以前有个朋友说过，她觉得这世界上只有两种东西值得妒忌：智商和美貌。因为这是上天给的，你无法选择。大富之家也许会落魄，爱你的人也许会离去，只有与身体有关的资本一直完全属于你。

　　在学生时代，我们在审美上往往是蒙昧的，更容易引起大家注意的是成绩。但在"尖子生"的世界里，也有一个最隐秘的向往，那就是成为一个聪明的人。

努力本是可贵的优点，但是在年少的岁月里，它是我们伪装成天才的道路上最大的绊脚石。

伪装成天才曾经是我的好戏码，甚至一度骗倒了真正的天才。

初二的时候，我渐渐和班里的一对好朋友玩到了一起，两人结伴变成三人同行。那时候《流星花园》风靡，大家给这对姐妹花分别起名为大 S 和小 S。

大 S 数学很好，小 S 人缘很好。我自然是先和小 S 成为朋友的，即使后来变成了三人行，中心人物也永远是小 S。没有她，我和大 S 就只能围绕着边角料说些不咸不淡的话；如果小 S 在场，我和大 S 就能互开玩笑、聊天打闹，像是亲密的朋友。

回头想想，真是奇怪的关系。

直到今天，一闭上眼睛，我仍然能清晰地想起大 S 的模样。我们初中的校服难看得无以复加，肥大的深蓝色上衣，红棕色西服领，难以想象的配色，"丧心病狂"的款式，穿在她身上，却丑得很柔和。她不算美人，却连这种校服都能够驾驭。也许因为她总是脸色苍白，下巴尖尖，狭长的丹凤眼没有流露过多情绪；鼻翼两侧有些淡淡的雀斑，却也因此透着一股机灵劲儿。

记忆里比她的外貌更清晰的是一幅画面。我们三个前一秒刚因为一个八卦而哈哈大笑，小 S 忽然说要去买支水笔，便转身跑进了文具店，而我和大 S 就这样默默地站在原地等她，一阵风吹来，笑声被吹散。我们并排站着，看向不同的方向，中间总是隔着一大段距离。

学生时代，我远没有现在这样自我，所以很害怕冷场，在各种圈子里都尽职地扮演着谐星的角色，从不像面对大 S 时那样感到别扭、尴尬、无言以对。

大S拥有聪明冷静的头脑，写一手漂亮的连笔字，数学成绩总是向满分靠拢。她是个腼腆的人，我不是，所以这沉默多半是因为我。

时至今日，我终于能轻松地承认，我妒忌她。

这看上去是没道理的。在大家简单粗暴的比较体系里，论总成绩她从未超过我，性格上我比她开朗活泼，人缘也更好。如果我说我羡慕甚至妒忌她，恐怕连大S都会和其他同学一起说，我这只是在假谦虚，不地道。

所以这就给了我一个轻轻松松掩饰自己的妒忌和敌意的理由——我干吗眼红你呢？没必要嘛。

可是妒忌还是滋生了。在数学课上，在老师抛出一道高难度几何题并用期待的目光环视全班时，在我担惊受怕地低下头而大S被点名时，在她随口就能说出几种解法时……妒忌就这样发芽、生根了。然后每天汲取营养茁壮成长——有时候是她的聪慧，有时候是我的笨拙。

数学老师总是喜欢拿我们做比较，她在很多方面都被夸奖了，而我只得到一个字——稳。

就是笨，细心的笨。

我的虚荣心总是以各种面目搅乱我的生活，它时常伪装成上进心，在耳边悄悄地、不怀好意地提醒我："大家都觉得你只是更努力而已，其实你不如她，你可怎么办？"

我本应是个春风得意、心高气傲的第一名，现在却被一匹隐藏在内心的黑马衬托得灰头土脸。

更糟糕的是，我短暂地喜欢过一个个子高高的男生，他的皮肤很白，对谁都嬉皮笑脸、吊儿郎当，对谁都薄情寡义、翻脸不认账，女朋友众多，感情从未长久，唯独对大S有种奇怪的耐心和温柔。

他们是同桌。

你看，我有这么多理由妒忌她。

但是我"良知未泯"，所以我有更多的理由，告诉自己这是在无理取闹。

我把所有燃着暗火的情绪都摁灭在道德的海洋里，逼迫自己好好面对她，不敢流露出一丝的真实。

我们的友谊就以这样奇怪的方式延续了下去。

我们之间也有过温馨的瞬间。

初二下学期的春季运动会，我们两个一起跑400米，虽然名次都是小组倒数，但好歹没有垫底。小S体贴地拉着我们在跑道散步至心跳平稳，之后我们就再也没有回到班级方阵，而是偷偷溜到体育场外的花坛边，坐在树荫下聊天。中途小S又跑去买水，就这样剩下了我和大S。

沉默中，她突然没头没脑地说："我们一起唱歌吧。"

我还没反应过来，她就开始哼起来了。是徐怀钰和任贤齐唱的《水晶》，一首很老的歌曲，旋律和歌词都很清新甜蜜。大S自己一个人唱对唱，万分认真。她的嗓音和徐怀钰不同，有一种略带清冷的沙哑，所以一首甜蜜到腻人的歌被她唱得很清新、很温柔。

我猜得到她为什么忽然这么开心。跑400米时，她的同桌溜了出来，站在跑道内的草坪上为她喊"加油"。

她唱完就朝我不好意思地笑了一下。

她笑得我心虚不已。我的心思像是突然暴露在光天化日之下。我也朝她笑了笑，说："唱得真好听。"

"从今天开始，也许我们能够真的做朋友了吧。"我想。

然而就在几天后，我们一起被数学老师抓去参加"希望杯"奥林匹克竞赛，考点在外校。我倒是很轻松，心知自己注定是重在参与了。数学老师的希望在大 S 身上，我们都知道。

进考场前，大 S 说她紧张，我笑着鼓励她，说："你没问题，你很有天分的，聪明得让我妒忌。"

不知道是不是紧张情绪让她崩溃了，这句十二万分真诚的、剖白内心的话，竟被她冷冷地怼了回来。

她向来都对我客客气气的，那天却讥讽地笑着说："我爸说过，有些人就是放屁带沙子，连挖苦带讽刺。"

说完之后她自己也尴尬了。我没有还击，但也没有解释或者圆场。我们就这样肩并肩，僵硬地随着人潮涌入考场。

最后我们谁也没进复赛，但只有她让数学老师失望了。

小 S 听说了事情的经过，觉得不可思议，两边劝和了很久。对我说："大 S 绝对不是故意的，而你也不要因为她口不择言生这么大的气。"

我说，问题的根本不单单在这一件事上。

小 S 沉默了很长时间，才坐到我旁边说："你都感觉到了，大 S 的确和我说过，她很讨厌你。她也知道自己不应该妒忌你，可她就是讨厌你。"

原来她们竟然都被我伪装出来的"从不努力学习也能考第一名"的样子骗了。大 S 觉得，我说自己妒忌她，实际上是一种虚伪的漂亮话，不过是假谦虚，为了骗取她的好感而已。

多有趣。我那么讨厌她的时候，她的行为无可指摘；我放下妒忌心，想要靠近她时，她却暴露了自己的"丑恶嘴脸"。

真正让我释然的，是小 S 说的"她一直很讨厌你"。

我无比感谢她的讨厌，她给了我一枚"被天才视为对手"的荣誉勋章，又给了我一面可以从此光明正大讨厌她的挡箭牌。

我很高兴，我们再也不必假装是朋友。

韩剧《大长今》里有一个我很喜欢的女配角，她喜欢了男主角一辈子，男主角却喜欢了女主角一辈子；女配角拥有不输给女主角的天赋和远见，却命运不济，被家族使命紧紧捆绑，做了许多坏事。在大结局里，女配角在被赶出皇宫前向女主角道别。我本以为她会说："如果我是你，得到了×××的爱，师从×××，我也会拥有和你一样的命运，所以这一切都凭什么！"

然而她只是说："这就是我。我没有完整的自信，也没有完整的自卑；没有完整的才能，也没有完整的野心；没有完整的爱，也没有完整的被爱。"

对于自己的落败，她没有埋怨，只是诚实地说："我输在不纯粹。"

然而这世界上哪有真正纯粹的人。

我有一位美国室友是言情剧爱好者，她看《大长今》的结局，无比艳羡地说她喜欢女主角长今——她拥有一颗水晶般的心。

那么我们呢？我和大 S 这样的女生，拥有的又是怎样的一颗心？

初中毕业之后，班里的同学一起出去滑旱冰，大 S 中考失利，过来和班主任打了个招呼，没有参加后面的活动。

我进门的时候她正离开，我们在校门口相遇，都停下了脚步。

和以前无数次单独相处时一样，只有沉默。正午的阳光下，她苍白的面孔依旧像一捧清雪。

　　她对我来说至今仍是一个谜，正如我对她一样。

　　我武断地猜测，我们的存在对彼此来说又都是幸运的吧。成长终归是孤独的，然而在漫长的、和自己较劲的岁月里，幸好我们还有对方，这样，那些自怜、反省、妒忌、不满和困惑，忽然都有了安放的位置。我们有天赋却不安心，够努力却不甘心，永远在担忧，永远在寻找。

　　就像两只井底的青蛙，被困在小小的格局里，以为只要战胜了对方，就是这世界的王。

　　直到跳出去，被淹没在广阔的天地间，时隔多年，又突然怀念起那个以为只要赢了一个人就能永远开心的年纪。

　　然而最好的事情是，我们长大了，也都跳出去了。

　　我和大 S 这样的女生，都不曾拥有一颗水晶般的心。

　　可我并不觉得有什么可惜。

神奇的答案

张一凡

今天放学回家时，我很恼火，看见什么都想踢一脚，风刮过来也想咬一口，我甚至想像卡通片中的怪兽那样，将两棵大树连根拔起，然后对撞。偏偏这时，跑过来一只瘦瘦瘪瘪的流浪猫，喵呜喵呜地蹭我的裤子，还用可怜的眼神看着我。我知道它饿了，勉强压住满腔怒火，在书包里掏来掏去，找到一根火腿肠给它吃。

上楼的时候由于心不在焉，我被绊了一跤，膝盖碰得很疼，心情更差了。回到家，妈妈已经把晚饭准备好了，可是我一点儿也不想吃，又怕妈妈不高兴，就盛了一点点饭装样子。我把头埋在碗里，真想永远都不出来。妈妈一定看出了我心情不好，可她并不问，只是陪我一起默默吃饭。她从来不在我心烦的时候逼我说原因，也不会絮絮叨叨，要帮我解决问题，她最明白我现在需要的是安静。其实，也没有什么不得了的事情，就是今天的作业太多了。

进了房间，我将要写的作业一层一层摆上去。作业越摆越高，我心里也越来越悲伤。这么多作业，我什么时候才能写完？我想看动画片，我想看漫画，我想看向同学借来的小说，我就是不想写作业。

我很想痛痛快快地哭一场，可又觉得不好意思，不知道为什么，总有几天情绪如此糟糕，无法控制自己。无奈地翻开练习册，我恶狠狠地写着，笔尖戳进纸里，仿佛此刻我拿的不是钢笔，而是刻刀。妈妈进来了，看见我这样暴躁，她仍然没有说话，只是把 MP3 放在桌上，就出去了。我知道她肯定给我拷贝了新歌。我打开外放，果然很好听。我长出一口气，觉得心里没有那么压抑了，伴着音乐开始写作业。

我写作业的速度并不慢，但不知为什么，感觉数学作业越写越多。写到最后几页，我觉得自己像一座快要倒塌的房子，墙在摇，屋顶簌簌地掉土，就等着轰隆一声成为废墟。我拼命告诉自己，坚持住，毕业生哪有不辛苦的？不写作业，算什么英雄好汉！可偏偏有一道题目怎么也做不出来。我关掉音乐，恶狠狠地划破了几张演算纸，在练习册上捶了几拳，全都没有用。我气得倒在床上，做了几十个俯卧撑，又做了七八个鬼脸，再去看数学题，仍然找不到一点儿思路。打呵欠打到嘴酸之后，我知道，最可怕的瞌睡来了。

我拍脸、摇头、深呼吸，可眼睛就是睁不开，我几乎想大吼几声，可是快深夜 12 点了，吵醒邻居就难堪了。我只能去洗脸，边洗边嘟囔："老天啊，我现在太累了，你能不能帮我写作业呢？求你了，只写这一次。"从镜子里，我看到自己皱巴巴的脸，眼睛无神，就像下午遇到的那只小猫。我叹口气，回到房间。

这时，我惊奇地发现，那道超级难做的数学题已经被写好了答案，不仅如此，连后面的一张试卷也做完了。天啊，谁会这么神速地做完这些题目呢？

睡意一扫而光，我兴奋地看着试卷。第一题是选择题，共有 A、B、C、D 四个选项，所选答案是"X"。我一下笑出声来，这也太有创意了吧！再往下看，更让我笑出了眼泪——求一只油桶的高，答案竟是"用尺子量量就行了啊，不用那么麻烦了"；紧接着有道题是求圆的直径，答案是"有锅盖的那么长吧"，旁边还画着一口锅……我捂着肚子狂笑，从椅子上跌下来，爬上去，再跌下来，索性躺在地上笑。我像寻宝一般翻找下面的作业，语文作业没做，历史作业没做，太让人失望了！

翻到物理作业时，我终于发现了惊喜。"为什么从火车上飞出的馒头能使行人受伤？"答："可能扔馒头的人武功太高；可能馒头里藏了暴雨梨花针；可能馒头过了保质期，引起食物中毒。"

还有一题："一块冰放在水里，冰融化之后，水面发生了什么变化？"答案是："冰没有了，只剩下水了。"

最后一道题是这样回答的："老师，我已经很累了，我想睡觉，对不起！老师晚安！"

看着这些天才答案，我一肚子的气不知去了哪里。这一刻，我变得神清气爽、精力充沛，简直能爬山，能游泳，能长跑，能完成和两座山一样高的作业。

我看看妈妈的卧室，灯已经熄灭了，但我知道，她一定没有睡。此刻，她肯定躲在被窝里笑得流眼泪、揉肚子。如果不是太晚了，我一定会跑去跟她一起笑，告诉她，下次再冒充"老天"的时候，不要让我看出笔迹。

说来也真怪，我再看那道数学题，发现原来很简单啊，只需一个公式就能完成。妈妈是用铅笔替我写的答案，我真不想擦掉，可又不得不擦。

　　我一边笑，一边慢慢擦，想让这些有趣的答案多停留一些时间，甚至故意留下了一些淡淡的痕迹，以证明这不是我的幻觉。接下来，我的作业做得很顺利。我终于知道，人在开心的时候，在不疲倦的时候，会变得特别聪明，特别自信，简直像个无所不能的超人。

高考对我们到底意味着什么

艾　润

1

表弟考上了研究生，打电话给我报喜，语气里是难掩的激动。他说："姐姐，你不是想去海边城市吗？我要在这样的城市待 3 年呢，你可以来找我玩。"

我一边开心地满口应下，一边在心里琢磨自己对海边城市的向往是什么时候诞生的。

之所以有这样一个想法，是因为那年我心心念念想考的大学就在那样的城市里。我心目中的它临海而立，风满时能抖动一袖春光，而我，一定可以在海水拍击岸边的时候，打捞起不灭的梦想。

年少的我们，谈梦想是完全不庸俗的事情，并且我特别喜欢为梦想建造一个依托。就像我，其实是想去那所大学，却觉得因为有海的衬托，它似乎多了些神秘感，让我的梦想更加熠熠生辉。

作为一个在北方长大、从来没见过海的人，那所坐落于沿海城市的大学，成了我心中通往未来的秘密通道。

可惜的是，我到底也没能走进这条秘密通道。

那一年高考，我的成绩差到羞于向人提起。

我在家里鼓起勇气跟爸妈讨价还价，虽然羞愧的我好像并不具备这样的资格。但还是梗着脖子坚持，好像脾气硬一点儿，就能掩饰内心的脆弱。

我一会儿说我要去读技校，一会儿说我要去打工。爸妈反反复复只有一句话："你必须复读。"我说我不去，转身就躲在房间里哭。

我并不是真的不想复读。只是不知道如何面对那样难堪的分数，那和我一贯的成绩不符。我甚至想自己可能是不适合高考的，否则为什么明明每次月考的成绩都不错，却在高考时候溃不成军呢？我更害怕一旦复读的结果也不好，我没有勇气面对爸妈，面对我自己。

最后让我决定去复读的是爸爸。他不再强制要求我去复读，也从不对我说"我们是为你好"这样的话。他只是天天抱着学校发的那本报考指南。那么厚的一本书，我都懒得翻，可爸爸每天都在翻看，从早到晚，认认真真地研究每一个专业，还要咨询从事教育工作的亲戚。

他说："哪一类的学校都好，只要可以收到录取通知书就行。你不可以不读书，你才18岁，不知道未来还有多长。如果停在这里，你就有可能一直停在这里了。你现在还不明白这样的选择对未来的那个你，是多么不负责任。"

爸爸垂着头，坐在那里，翻着册子。有时候会招手问我："你来看看，这个学校怎么样，你不是喜欢英语吗？英语专业好不好？"

我突然就绷不住了。我低着头，瓮声瓮气地说："爸爸，我去复读。"

其实还有一句话卡在嗓子眼儿里没说出来："对不起，谢谢你。"

对不起，我不能让你们骄傲，还让你们操碎了心。谢谢你，包容我的肆无忌惮和不懂事。

2

8 月份去复读，夏天还正当道，热得理直气壮。能容纳 100 人的复读班，黑压压地坐满了人。桌子上的习题集，像是长了一双双深不可测的眼睛。

如果还有比高三更惶恐的时光，那一定是"高四"。

我选择了最后一排靠近角落的位置，旁边没人，好像那样才不会被打扰。我就那样带着惶恐，重复过着一日又一日。

一个月后，我有了同桌。她来的那天，背着一个巨大的书包，鼻梁上架着副大眼镜，周身写满了俩字：严肃。我想跟她打招呼的心立马有点儿受惊，不动声色地把我的书往里面挪了挪，以便给她腾出足够用的空间。

谁知她竟然发现了，她挠了挠头，说："不用不用，我可以放在桌子底下，哪里都是地方嘛。"她指了指我们桌子下面的踏板，露出开怀的笑。

就是那个笑容，让我觉得这个姑娘一定和我不一样，她应该是心甘情愿来复读的。据我观察，心甘情愿来复读的人一般会具备这样的特质：上一次高考成绩很不错，但是因为没考进自己心仪的学校，故而打算"二战"。

所以，我试探着问了她的成绩，以为会得到一个让我惊叹的数字。可这次，她有点儿不好意思地笑了。其实，她中途退学了，因为没考上好大学，就出去打工了。后来又想读书，干脆又回来了。

她没有再说下去。

可接下来她所有的勤奋都在诉说着对重返校园的感恩。因为有一年没读书，落下的课程比较多，她每天都要花费比别人更多的时间学习。晚上不舍得睡觉，早上早早起床。有了这样一个勤奋的同桌作参照，我也变得更加用心。

那一年留给我的印象除了试卷，成沓的试卷，还有同桌那双每天睡6个小时还能神采奕奕的眼睛。

第二次高考结束后，我问同桌，到底是怎么做到那么有精神的。她说："因为我经历过。在工厂工作的时候，我曾经每天连续站十几个小时不合眼。那时候，我问自己，是不是这就是我以后的人生了？曾经，所有人都说高考不是唯一的出路，我也这么觉得。"

"可后来我才意识到，高考不是唯一的出路的意思是，在高考之外，你有能力选择更好的路。可惜，我并没有。就那么慌慌张张地一脚踏出去，才发现外面的世界根本没给我双脚站立的机会。"

那是我第二次领略到她的严肃。

我想起爸爸对我说过的话，大概也是这样的意思。

那一年，我和同桌终于收到了大学录取通知书。虽然依旧不是我向往的沿海大学，也不是她刻在书桌右侧的"北京，北京"。

但重要的是，我们真正懂得了为自己做选择的意思。不是孤注一掷，不是忌惮未来，而是心有所盼，并能为心中所盼真真正正去努力。

3

读大学的时候，我特意去了我向往的那所学校，在校门口拍了张照片。周围是来来往往的学生，脸上带着熟知周边事物的云淡风轻。

而我，作为一个局外人，对一切充满了好奇，绕着校园走了一圈又一圈，恨不得记下每一个建筑物的名字。同行的朋友问："你喜欢这个学校啊？"

我点点头，又摇摇头。确切地说，不只是喜欢那么简单。一如当年的那个我，向往的不仅仅是一所大学和一片海，还有更多的未知。而如今的我，已经有了足够的勇气去探索每一个未知，剩下的就只有释怀。

我们对一种东西生出渴望，往往是因为遥不可及。

我们对一个选择生出胆怯，往往是因为害怕承担结果。

可当你勇敢地踏出去的时候，你会突然发现，渴望完全可以化为前进的动力。而选择，也不过是人生众多选择中的一项，你需要的只是直面它。

后来，当我遇到有人向我诉说不知该如何面对、如何选择的时候，我都会把当年爸爸对我说的话告诉他们，千万不要让你的选择成为让你停在这里的枷锁。你明明可以成为一把钥匙，为自己开锁，何不继续往前呢？

不管是高考，还是人生。

最差不过是一路告别一路失望，可失望过后又会有希望，告别之后也会有新生。谁又不是在鼓起勇气面对一切未知呢？

亲爱的，你要走，不要停。

生活因"摇滚"而改变

朱　迅

"为什么选朱迅？"记者问。

"干净。"壮壮从胡子缝里吐出两个字。

如果说 15 岁时"干净"是一种不谙世事的纯真，慢慢长大后，这两个字就成了心中的底色、底线和底牌。

关机时，壮壮对我说："我只是缺个演员，把你带进这一行，以后别恨我。"

我纳闷："感谢还来不及，为什么会恨你？"

"电影这东西有魔力，一旦沾上，一辈子也离不开。"壮壮说。

一辈子的事先不去想，我已经一头栽进了青春期的迷茫中。《摇滚青年》的拍摄集中在暑假，随着整部电影进入尾声，我也即将开学。面对校园生活，我突然感到害怕，心里猛然闯进了很多莫名的东西，我回不去了。

青春在一个暑假里速成。

现实充满戏剧性，《摇滚青年》公映后，我第一次领略到媒体的影响力是如此铺天盖地。这部电影是导演田壮壮的第一部娱乐片，拍《盗马贼》等纯文艺片的大导演竟然涉足娱乐，还是带有叛逆色彩的题材，这一切引发了媒体的热议。

我原本只是在暑假里干了件好玩儿的事，可是玩出了火。纸包不住火，我真的火了。"火"体现在多个层面。最开始是走在大街上时回头率明显提升，甚至超过了我大姐。接下来就是学校的通知板上每天都写着"朱迅有信"。上千封全国各地影迷的来信堆满了玉渊潭中学小小的传达室，回信成为我最繁重的"课外作业"。还有，各大报纸上有关我的报道层出不穷："小荷才露尖尖角""霹雳小公主"……老师把我叫到办公室，一脸寒霜："你跟记者吹什么牛了？"

不久后，找我拍戏的剧组络绎不绝，我好像忘了壮壮的叮嘱："别干这行！"

学校的老师也反对我去拍电影，怕我考不上大学。一位老师还专门给我远在日本的妈妈写了封长信，言辞恳切："摄制组的人趿拉着拖鞋来学校找朱迅，一看就不是什么好人！"

接到信，妈妈马上打来电话。

"我真的喜欢电影……"我轻声重复着。

"你的前途，我不当导演，我做观众——你最忠实的观众！"

感谢妈妈的尊重，一辈子能做自己喜欢的事才是最大的幸福。并且，有了家人的喝彩，一切变得格外有意义。表演带给充满幻想的孩子极大的满足感，角色中，我今天是小公主，明天是穷学生。生活有如此多的可能，我对生活也有了更多的敬意。

"你还是学生，会计说按规定只有这些。"陶金把我的片酬送来时还有些不好意思。

我打开快被撑破的信封，10元的纸币数了好久，竟有2650元（当时爸妈每月工资加起来只有200多元）！这还不包括拍戏时每天16元的补助。天啊，我竟然在这么短的时间里"名利双收"！

有了钱，我立马儿带上姥姥、大姐、二姐去了前门，那儿刚开了北京第一家肯德基。"照'死'了吃！"我们4个人抱着4个全家桶。

谁能抵挡这样的诱惑？我身不由己地被这个圈子吸引。高二、高三的寒暑假被片约排得满满的，铺在我脚下的是一条充满诱惑、名利双收的星光大道。

我真的这么厉害吗？其实是名利场太厉害了！它能把人一夜间高高捧起或重重摔下。心里空荡荡的，名不副实的滋味并不好受。我常梦见自己站在一个云中的脚手架上，哆哆嗦嗦、摇摇晃晃，大风吹来，一头栽下。

张爱玲说："出名要趁早。"

壮壮劝我："学门一生受用的真本事才好！"

记者问："拍了戏，你学会了什么？"

我说："学会了放弃。"

高三毕业，我放弃了已经十拿九稳的电影学院，对妈妈说："我要留学。"

那一年，我17岁。

那年我们一起写下的答案

今我来思

　　我从小就没什么朋友。左邻右舍的孩子很早就被家长叮嘱，与我有默契地践行着"距离产生美"的经典格言。原因嘛，大抵就是每当有成年人拿我寻开心，问我喜欢爸爸还是喜欢妈妈的时候，我时常仰起脸，天真地笑着说："反正不喜欢你。"

　　那时候我爸在外打理生意，我妈一个人辛苦带着我，还因为相貌出众惹来了麻烦。我家成了主妇们茶余饭后的谈资，那些无中生有的闲言碎语如一把把小刀，时不时划向我那颗尚未长大的心。

　　等到那些流过血的地方都结了痂，我也自然而然长成了一个另类的怪小孩。不过很快我就发现，这样的小孩不止我一个。

　　街角水果摊后的裴家主妇总喜欢在争吵的时候叉起腰来，这个动作似乎对提升气势乃至取得胜利至关重要。吵到最后，裴家的女主人照例呼号着跑开，而男主人在低声嘟囔几句后，终究还是追了上去。

　　忽然安静下来的摊位上就只剩裴安一个人。盛夏的夕阳将她的影子拉得很长，她抱着一箱硕大的芒果定定地站在原地，看着远处玩耍嬉闹的孩子陆续被父母半嗔半宠地拉回家。裴安的手忽然一松，那些熟透的芒果摔落在地上，溅出黏稠的汁液。

我看见裴安抬起手臂，很用力地擦着眼睛，却没有哭出一点儿声音。我不由自主地站起身来，说不清是要走向孤独的裴安，还是走向同样孤独的自己。

我记得，那一年我跟裴安都是 8 岁。

我跟裴安之间是一种黑色幽默般的彼此羡慕。我期盼着家的热闹琐碎，她则渴望父母间的平静顺遂。我们似乎注定要相识，要用陪伴让彼此的少女时代变得温暖而生动。

有了裴安，上学和回家的那条小路再也不孤独寂寞，体育课的自由活动时间我再也不用一个人远远走开，课间去洗手间时我们也可以像其他女生一样手拉着手。黄昏的时候我们在她家的水果摊上吃那些卖相不佳的水果，下雨的时候我们在飞檐绿瓦下嬉笑玩闹。我们手牵着手一路向前，等到我们嬉笑着讨论隔壁班哪个男孩子比较好看的时候，初三的大门也已经向我们打开。

中年的语文老师习惯将条纹 T 恤掖进裤子里，咂着茶水踱着方步要我们写出暑假读"四大名著"的感受和最欣赏的人物。

十几岁的年纪，女生总在红楼里流着自己的眼泪，男生则都希望能跨上三国的战马。可我跟裴安，却心照不宣地选了《水浒传》。我写的人物是晁盖，裴安则写了宋江。

裴安笑了笑，说："我只是觉得人们对宋江的评价不太公平，他也不过是渴望被接纳吧。"

我看着她落寞垂下的睫毛，笑着揉皱手里的答案。我说："其实我也不喜欢晁盖，倒霉又短命啊。"

我俩止不住的笑声成功吸引了语文老师的注意。我慢腾腾地站起来，露出如小时候般天真的微笑，说："老师，我最喜欢《西游记》里的奔波儿灞。"

语文老师从已经滑落到鼻尖的厚镜片后抬起一双杀气腾腾的眼睛，沉声问道："什么原因？"

"因为吴承恩的脑洞够大啊。"我不假思索地答道。

我甚至没来得及反应，语文老师就站在了我面前，发抖的手指差点儿碰到我的鼻尖。

我苦笑了一下，自觉地转身走出教室，准备去走廊罚站。走到门口的时候，忽然听到裴安的声音。

"老师，我也想回答这个问题。我最喜欢的是《西游记》里的灞波儿奔，原因……嗯，跟我的同桌一样。"一贯安静顺和的裴安几乎发出了颤音，可仍然站得笔直坚定。

那一天，我们站了很久。我侧过头去，说："'奔波儿灞'的腿好麻呀，'灞波儿奔'你还挺得住吗？"

那一天的黄昏很美，我们一同笑出声的那一刻，我仿佛听到身后窗台上一朵君子兰开花的声音。

人在年少的时候很容易想到天长地久，那多半是因为还不懂得什么是"大都好物不坚牢，彩云易散琉璃脆"。

高中开学的时候，我爸的生意有了起色。我们搬进了新房子，一家人在一起的时间也越来越多。我留了长发，开始穿漂亮的裙子，加入了学生会，也不再像从前那般特立独行。

我时常拉着裴安一起参加活动，一起吃小吃，给她分享我爸带回来的有趣的东西。那些日子，我以为自己同时拥有了幸福的家和珍贵的友谊，我沉浸在自己的世界里，却没能及时发现裴安的日渐沉默。

直到那一天，我被叫去校办筹划给贫困生捐款的活动事宜，推门而入的一刻却猛然看见了裴安。

我们就那么定定地站着。我以为自己是她最亲近的朋友，可直到这一刻我才知道她家里出了事，她那火气太旺又总是抽烟的父亲被查出肝脏有问题。外表柔弱骨子里却坚强无比的裴安，宁愿求助于他人，也不愿意跟我提起。

我看着她发红的眼眶，心里五味杂陈。有心疼，有歉疚，可同时也有酸楚和伤痛。我们用信任砌起的那座名叫友谊的城堡，轻易就断了梁柱。

从那以后，我跟裴安还是一起上学，一起回家，一起在黄昏的小摊上吃卖相不佳的水果，可曾经的美味对如今的我们来说却味同嚼蜡。我隐隐地感到有些东西已经逝去，可我还是愿意尽全力去挽回。

高考前夕，我爸妈爆发激烈争吵的时候，我忽然想起自己和裴安之间那黑色幽默般的彼此羡慕。如今的我们像是反了过来，我的父母开始为要走还是要留争执不休；裴安的父亲在住院，家里时常冷清得只有她一个人。那我跟裴安呢？是不是我们也可以回到初识的曾经？

我急匆匆地向着街角、向着我们的曾经跑去。我对裴安诉说我家里的境况，说我无疾而终的暗恋，说我所有隐秘的心事，也说我有多么希望能回到过去。

我那时还不明白，朋友可以帮你保守秘密，可秘密从来都不能换来朋友。那一天，裴安始终没有说话。

于是我在 18 岁那年明白了，生活的轨迹有时会循环往复地行进。

8 岁那年，我坐在家门口，任由那些吐着瓜子皮的嘴中不断飘出细小的刀子将我伤害。

18岁的时候，我坐在教室的角落，在那些三五成群的女同学不断飘来的眼神中手足无措。越过那些眼睛，我看见了裴安。

她终于融入了她一直渴望的圈子。那么被接纳的筹码是什么呢？也许是从此远离我这个"怪胎"，也许是向他们提供一点儿关于我的谈资吧。

我在父母的争执中表明了立场。我赞成随着爸爸的生意举家搬迁，并跟妈妈保证不会因此影响我的高考成绩。

生活远比电视剧中的剧情残酷，多年积累的情谊，消逝的时候大都不是轰轰烈烈的，或许因为悄悄是别离的笙箫。

我走的那天没有见到裴安。街上有小孩子正追着捡一只翻滚的芒果，我忽然想起了初见裴安的那天。我不自觉就红了眼眶，可到底还是微仰了头，没有让眼泪掉下来。

后来，生活给了我另一番喜悦模样，可过去的事仍旧蛰伏在心底，让我无法释怀。

直到一个百无聊赖的下午，我在图书馆翻看一本诗词辑录，在看到纳兰性德的一首《浣溪沙》时，我怔了良久。

"谁念西风独自凉？萧萧黄叶闭疏窗，沉思往事立残阳。被酒莫惊春睡重，赌书消得泼茶香，当时只道是寻常。"

我跟裴安之间的那些过往猝不及防地跳出脑海。无数个席地而坐的黄昏，无数次走过的青石小路，欢笑着躲雨的飞檐绿瓦，一同罚站的窗前走廊，我们一起走过太远的路，童年、少年、青年，然而从此以后，只有各奔东西。

我想起那一年我们写下的答案，一个是晁盖，一个是宋江。或许许多事早已注定，或许大多数友谊建立的基础就是同舟共济，一旦一方有了新的船只，他们相携而行的旅程也就到了尽头。我跟裴安谁都没有错，我们只是在逐渐消逝的友谊面前束手无策。

如果人生就是一趟不断得到又失去的旅程，不如就在每一次的相逢里把酒言欢，不醉不归，然后在每一个离别的路口潇洒挥手，不再回头。

青春里那些美好的时刻啊，总会在往后漫漫时光里，在某个寂静的午后或似曾相识的黄昏中突然跳出脑海，隔着悠悠岁月，那些爱过的、恨过的、哭过的、笑过的，便都只化作一句"当时只道是寻常"。

梧桐花铺满青春散场的路

程一卜

1

窗外那棵梧桐树上的花已经开始掉落了，但没有人在意它曾经绽放得多么绚烂。

我正在努力弄明白一道题裂项相消的解法，任阔把英语试卷推到我面前说："程一卜，这个单词是什么意思？"

"boring，乏味的，无聊的。"我没有看他，直接说出了单词的意思，说完才意识到任阔居然在做英语卷子。

"你这是……要留恋一下最后的高中时光？"

一个月前，任阔在班主任的建议下选择了专科学校的提前招生。一个星期前，他已经通过了一所专科学校的面试，选择了一个和自己的兴趣毫无关联的专业。所以，现在高考已经和他完全没有关系了，他只需要等着拿高中毕业证就可以了，他此刻却在做英语试卷。

任阔看着那张充满陌生单词并且令人感到茫然的试卷,两眼无神地说:"我想知道自己这 3 年到底是怎么过来的。但是,当结果已经确定,再去回忆过程时才发现,过去的 3 年已经被我拿到的结果否定了。"他说着看向窗外,只是双眼依然无神。窗外的梧桐花正在自然地落着,仿佛演示着时光的逝去。

在这个成长阶段里,高考来得太快,时间流逝得也太快,以至我们还没来得及反应,一切就要宣告结束了。

"哦,对了,你有什么想吃的吗? 我出去给你买。我跟班主任说过了,下午我就回家去了,高考前应该不会再回来。"任阔的表情看上去并没有多开心,而我,离别的失落和高考前的烦躁交织在一起,胃里刚刚产生的饥饿感忽然消失了。

任阔是在下午的第二节物理课上离开的,一直以来他最讨厌的就是物理课。他讨厌这门课和科目无关,而是因为他曾经被物理老师当着全班同学的面否定过。他对物理一窍不通,但也曾努力过,只是他的努力还没有换来应有的结果,就被物理老师否定了。后来他在一次又一次的失败中选择了放弃,而物理老师对他的态度仿佛在说:看吧,我就知道一定会是这样的结果。

我想他故意在物理老师开始讲课后才离开,大概是在表达他的态度吧。

2

任阔离开后,这个靠窗的角落就只剩下我一个人。窗外的梧桐花每天都在掉落,所有人都在埋头向高考冲刺,没有人会在意一个对他们的成绩毫无影响的人。我也在努力弄懂一些知识点，在高考来临之前做着最后的努力。

高考倒计时让我们对日期失去了原有的敏感，不知道过了多少天，任阔忽然又回来了。

数学老师正在讲课时，他在一片死寂中推门进来，我诧异地看着他，直到他坐到我的旁边。

"你怎么又回来了？"我不解地问他。

他平淡地回答："在家里不如在这儿睡得踏实。"

谁说少年不识愁滋味？任阔的心底有多少慌乱，对未知的未来有多少恐惧，这个少年的心底如何纠缠着百转千回的思绪，我想即便任阔说出来，大人们也无法理解，只会觉得他是闲着没事胡思乱想吧。因为大人已经是大人了。

4月底5月初，那棵梧桐树上只剩下最后几朵紫色的花。每当风吹过，就会有花掉落。只是我们听不到花落的声音，耳边只有笔尖在草稿纸上来回滑动的沙沙声。

我按部就班地看书、做题、写作业，努力不去想一个月后的高考会是什么样子，不去想高考结束了会是怎样的心情。任阔每天安静地坐在那里看小说和漫画，看完了就趴在桌上睡觉，我猜不透他的心思。

"我一会儿去书店换书，你有什么想吃的吗？我给你买回来。"他没有看我，目光一直停留在那棵已经变得郁郁葱葱的梧桐树上，轻声感慨道："花这么快就落完了呀。"

我转头去看那棵长满叶子的梧桐树，梧桐叶挤满了枝丫上的每一寸空间，它们绿得那样茂盛。我说："帮我买杯奶茶吧，我感觉这两天血糖有点儿低。"

"血糖低喝奶茶对你好吗？你找个什么理由不好？"他嫌弃地看着我，我笑着回看他。不错不错，他还有心情回应我的玩笑。

"再帮我买个烤红薯吧，我想吃好几天了。"

"大热天去哪儿给你买烤红薯？"

"我上次回来的时候，门口卖烤红薯的那位大爷还在呀。"

"你上次回来的时候穿的是什么衣服，你再看看你现在穿的是什么衣服。大哥，你想热死那位大爷吗？"

"好吧，抱歉，过着过着就忘了时间。我大概是住在桃花源里的人，不知有汉了。"

是啊，梧桐花都落完了，我还在念着初春吗？

3

最后一场模拟考试结束后，大家的心情都很复杂，有的人歇斯底里，有的人默默不言，而我把崩溃藏在心底趴在桌子上睡了一大觉，平时极其敏感的我这次居然连上课铃都没有听到。

任阔打水回来拿书拍醒了我："都什么时候了，还在做梦呢？"他不可思议地看着我，我迷迷瞪瞪地看着他，忽然有点儿想哭。

他给我泡了一杯咖啡，说："好了，好好听课吧，没几天就考试了。"

他说完，我的泪水就流了下来。是啊，离高考已经没几天了。

那天我正在和一道有机化学题打架，任阔忽然把他唯一的一支碳素笔放到了我桌上。我下意识地看了他一眼，发现他正在收拾东西。

"你这是要干吗?"

"哦,我这次真的要走了,去打工挣学费。"

他说着把一个不知道在桌兜里放了多久的作业本扔给我:"新的,一直没用。"还有一些乱七八糟的东西也都留给了我。他的行为就好像在跟我分他青春里仅留的一点儿财产。

他在离开教室前跟我说了3次"我走了",我只是安静地看着他的每一个动作,我的心底有一丝慌乱,但又不敢表现出来。我没有理由说一些挽留他的话,也不想和他说再见,因为我们都知道,这场离别和我们之前经历过的离别不一样。这次离别后,我们就要走向成为大人的路了。

和好学生为高考不懈奋斗的青春相比,我们的青春似乎是昏暗且没有什么可纪念的。但他们不知道,排在后面的我们也曾咬着牙流着泪努力过,也曾出于种种原因放弃过,也曾在心底一次次害怕和恐惧过,而最终我们每一个人都在这段相同的青春里做出了不同的选择。尽管青春的底色不同,但未来大概都是光明的吧。

任阔离开前说:"和他们相比,我们的青春又算什么?"

可我想告诉他:"你的青春同样是精彩且值得被记录的,即便只有我一个人见证过。"

他的青春，是忠于梦想不放弃

艾　雅

1

阿甘是我的同桌，是个身高 1.83 米的大男生。阿甘只是他的外号，他的本名很具有英雄色彩，叫陈真。大家之所以叫他阿甘，是因为他像电影《阿甘正传》里的主角阿甘一样，是个特别爱跑步而且跑得很快的人，不但如此，他还像阿甘一样固执而且木讷。

阿甘被安排和我做同桌时，老师特意交代我，要互帮互助。不知为何，听到这句话再看一眼耷拉着脑袋、红着脸的阿甘，我觉得场面十分滑稽，没忍住就笑出了声。大概是我的行为伤害了他的自尊心，他把书往桌上重重一放，很严肃地告诉我："虽然我成绩不好，但我拥有梦想，我要考同济大学的土木工程专业！"

此话一出，原本安静的教室瞬间沸腾，有人吹口哨，有人大笑。这一切只因为说这句话的阿甘是个名次倒数的学生，同济大学那样闪闪发光的名校，不应该出现在他的梦想里。

这件无厘头的事成了我们高二的开端。阿甘依旧默默地复习，偶尔去操场跑步，见过他跑步的人都说他像个疯子，累得气喘吁吁还不肯停下。

高二第一次月考，我发挥超常，考进班级前 5 名，老师把前 10 名的同学都请到了讲台上，一人发了 3 本厚厚的笔记本。而倒数后 10 名的同学都被罚到后墙角站着，同桌阿甘也在其中。中间隔着 7 排座位，我看不清他脸上的表情，但能听到台下同学们的嘲笑："你看，他月月排名倒数，还想考同济大学呢……"

那一天我站在讲台上，突然觉得特别对不起阿甘，不应该嘲笑他的梦想，不应该质疑他的梦想。那天之后，我送了他一个笔记本，并写了一封信向他道歉，为自己曾经的冷漠道歉。我在信中郑重地肯定了他的梦想，并告诉他，从此以后只要他有不懂的问题，都可以问我，我一定全力解答。

他没有给我回信，但收下了我送给他的笔记本，还写下了考取同济大学的誓言。

2

慢慢地，我们变得熟络起来。他依然话不多，遇到难题就喜欢钻牛角尖，压力大时就去跑步。他的学习方法过于死板，一切都靠死记硬背，显然很难取得较大的进步。但他确实很刻苦，每天都是最早到、最晚走的人。成绩不好的人有很多，但像他这样愿意努力的人很少。

有一次，他突然问我，是不是学习光靠努力不行，还需要天赋？就像我，总能轻而易举拿高分，而他每进步一点点都非常艰难。他的语气里尽是气馁挫败。我找不到合适的话安慰他，因为事实胜于雄辩，他的成绩确实糟糕透顶。

在短暂的自我怀疑后，阿甘继续发扬他坚持不懈、自强不息的精神。他开始频繁地往老师的办公室跑。几趟下来，他兴奋地告诉我，各科老师都答应了在课间为他补课。

我不知道他是如何打动老师的，我只知道，从此以后，课间休息时再也见不到阿甘的身影。他有一个很厚的数学笔记本，里面记下了数学老师给他补课时说过的每一个知识点。至于那些总也弄不明白的公式，他就靠背大题，背解题步骤，连标点符号都不允许出错。

尽管他的成绩距离同济大学的分数线如同隔着银河系，可阿甘毫不畏惧，他说路再远也远不过脚步，浩瀚无边的银河系也挡不住一颗勇往直前的心。

说这句话的时候，月考成绩刚公布，他终于离开了倒数后10名，进步了二十几名，正式摘掉了身上的标签，开始积极为高三创造一个良好的开始。

也许是厚积薄发，也许是在不计其数的挫败中摸索到了学习的窍门，也许是老师的课间补课起了作用。总之，高二后半学期的阿甘，变成了"超人"阿甘，每一次考试，都要往前蹿几名。直到这个时候，大家才慢慢开始关注这个曾经扬言要考同济大学土木工程专业的阿甘。

3

起初大家还以为他的进步纯属偶然，可是他一次又一次的进步让大家目瞪口呆。木讷又固执的阿甘，就这样成了我们高二（9）班唯一一个从排名倒数的人里一步一步走出来的人，他步伐很小，却从未停止。

高三我们没有分到同一个班，我去了 A 班，他在普通班。我一直说他是普通班里不普通的人。他嘿嘿一笑，憨厚中带着一股不服输的倔强。

高三有考不完的试，做不完的习题，背不完的重点，释放不完的压力。进入 A 班的我，明显感到力不从心。我已经很少见到阿甘，偶尔在水房碰到他，也只是短暂交流一下。他似乎比高二时更高了一些，也更胖了一些，我问他是不是越来越觉得学习得心应手，所以才心宽体胖。他嘿嘿一笑，说自己没有天赋，不能时时刻刻靠脑力，只能靠体力去硬拼，体力消耗大难免要多吃一些东西补充能量。

我听了他朴实又幽默的回答后大笑不止，仿佛看到一个对待梦想十分虔诚的人负重跋涉的身影。我相信他会实现梦想，或早或晚，坚持不懈的人总会脱颖而出。

百日誓师那天，阿甘竟然成了他们班的班级代表并庄严宣誓。他说自己曾经成绩不好，说出梦想的时候连自己都觉得不配，但今天有幸站在这里，他还是要大声地告诉所有人，他的梦想是考取同济大学的土木工程专业。

那一天的天气格外好，我在这一段话里红了眼眶。高中这 3 年，无论悲喜，无论成败，我们都是肯努力的人。身上的校服，校服上的校徽，校徽下的名字，名字背后隐藏着的梦想，总有一天会在太阳下发出闪耀的光芒。这就是青春的意义吧。

高考前一天，我碰到了在操场跑步的阿甘。他就像别人说的那样，像疯子一样，大汗淋漓、气喘吁吁也不肯停下来。

我坐在篮球架下等着他跑完最后一圈，问他为什么喜欢跑步。他说，每次跑步之前都会为自己定下圈数，有了目标就会激励自己去完成，每完成一次就要比昨天再增加一圈。每当坚持不下去的时候，就会质问自己，你成绩糟糕，进步缓慢，如果连跑步都坚持不了，还有什么资格坚持梦想？就是这样，一天一天，分数和跑步的圈数一起，与日俱增。

同济大学那一年在我们省的录取分数线是 640 分，阿甘同学考了665 分，一跃成为当年的黑马。后来他告诉我，收到录取通知书的那一天，他很没出息地哭了一场，百感交集却又无法言说。

你看，再也没有人认为阿甘考取同济大学是笑谈。我们对现实最漂亮的一击，是忠于梦想不放弃。

成长是拥有敢于快乐的勇气

韩云朋

我得了一种怪病——快乐恐惧症。它不是很严重，只不过发病时的症状有点儿滑稽。

某个周末，一群朋友聚餐。大家寒暄过后，正准备大吃一顿，我却无意识地嘟囔出一句话，惹得朋友们哄堂大笑。那句话是：语文、数学、英语、政治、历史、地理……要知道，这些学科已和我告别多年，然而在那个轻松愉快的夜晚，它们竟从我嘴里挨个儿蹦了出来。

其实何止是聚餐，我发现自己在参加任何纯娱乐的活动前，都会不由自主地念叨一遍这句话，直至意识到自己不再是学生才安心。

怪病从何而来？恐怕得从学生时代说起。记得我小时候，父母有句口头禅：你还没如何如何，竟然敢怎样怎样？等你如何如何了，再怎样怎样吧！

考试结束，我和伙伴笑着聊天，父亲看到了便说："考得很好吗，就好意思笑？等成绩出来再笑吧！"尽管我笑的原因，仅仅是那天发生了一件有趣的事。

当我发现一个好去处，兴致勃勃地跟母亲讲时，母亲总会"善意"提醒："等你考个好大学，有了好工作，再考虑出去玩。"尽管我说的好去处，仅仅是离家并不远的一条小溪。

后来我才知道，父母的言论各有依据。父亲立足的是奖惩逻辑：学习就要吃苦，快乐不过是吃苦以后才配享有的奖励。母亲的依据是延迟满足：要先忍耐一大段时间，才能得到真正的快乐。

这两种说法都有道理，当我长大后才明白：父母的这番道理，只适用于学习和奋斗领域，而快乐这件事和它们其实是不冲突的。

可年少的我看不穿这一层，导致自己"不敢开心"，常做苦大仇深状，渐渐养成了"三省吾身"的"好习惯"。

渐渐地，我发现身边的朋友也都染上了"快乐恐惧症"，有的还会经历一段十余年的潜伏期。一位昔日同窗终日不整理房间，穿着也是不修边幅。问其原因，他无奈道："尚未登上人生巅峰，在意这些琐事有何用？"可直接奔成功去的路似乎反倒是最长的——他并没有因为交出快乐权而提前成功，可谓"赔了夫人又折兵"。

与之相对，另一位事业有成的同学却在席间感慨自己能把握用户心理，多亏父母当初允许他玩游戏。这话当然不是鼓励大家从小沉迷游戏，但它起码可以减少一些对快乐的罪恶感。

没错，生活需要快乐，需要一个人有爱好、兴趣、仪式感，以及对学习以外的领域，保持那么一点点好奇与关心。往大了说，这叫人间烟火气；往小了说，这能给你一点儿生命力。也正是因为有这些快乐的事物，漫漫人生路才值得我们继续前行。

成功遵循的原则是"憋大招"：必须经历一番彻骨寒，才能达到某一个点。而幸福的逻辑是给自己设计"小高潮"：生活之美俯拾皆是，只要我们拥有一双发现美的眼睛和一点点敢于快乐的勇气。

即使在假期，需要写作业、上辅导班，或者提前准备功课，你也可以找一些能让自己快乐起来、能让生活有趣起来的事情。

然后你会发现，人是可以且有资格快乐的。不论你正处于哪个阶段，也不论上一秒发生过什么、明天又会有什么等着你，都不影响你拥有让自己快乐的权利。

你也不需要问快乐有什么意义，因为它本身就是意义。

青春被虚荣烫了一个洞

花小鸭

我十七岁那年，读高二，每天背着如山一般高高耸起的书包往返于家和学校之间，废寝忘食、拼尽全力地为高考做着准备。

或许是我的努力起了作用，高二第一学期的期末考试，我的成绩排名竟然从班级的中下游成功逆袭到了第一名。为此，班主任特地给我妈打电话，说我是个可塑之才，坚持下去，高考时可能会成为一匹黑马。

我妈在电话这边假模假样地谦虚着，说我还需要再努力。电话挂断的那一瞬间，她都没来得及和我交代一声，就径直跑出家门，以最快的速度召集了左邻右舍。随后，我隔着厚厚的房门都能听见她那夸张的声音："今天晚上，我不和你们搓麻将了啊。我家孩子这学期期末考试考了全校第一。她的班主任特地给我打来电话，说我教育出了一个好女儿，说我家孩子聪明，一定能考上清华大学。晚上我得给她做点好吃的，搓麻将你们就另凑人吧。"

我坐在房间的沙发上，很想冲出去纠正她：我只是考了全班第一，不是全校第一；班主任只是说我坚持努力下去高考可能会考得更好一些，并没有说我一定能考上清华；还有，我的成绩能有所提升并不是因为我聪明，而是因为我努力，半夜你搓完麻将回来倒头就睡，我还在台灯底下默默苦学。但最后，我什么也没做，只是暗自叹了口气。

或许也是因为受不了妈妈的这个样子，爸爸才会选择离开我们吧。具体的情形早已记不清了，我只记得那天天气很热，爸爸妈妈吵得很凶，声音大到让我听不清他们在吵什么。街坊邻居前来劝架，最后爸爸摔门而去，只留下了一句"不可理喻"。他走得那样决绝，甚至没有回头看我一眼。那天下午，他们两个人去了民政局。我躲在民政局楼下的那棵老树后面，看着他们越走越远，心里感觉空落落的。

那时是七月份，烈日像是会把人身上烫出一个洞来一样。

成绩公布的第二天，一到学校，我的座位旁边就围上来很多人。我能考全班第一，想必没有人能想到。

大家七嘴八舌，问我是不是之前都保留实力了，现在高考快到了才开始"真人露相"、大显身手。我默不作声，没有把我连着熬夜三个月做习题的事情说出去。同学们纷纷对我竖起大拇指，说我天赋异禀，他们看我的眼神中充满了钦佩和羡慕。

我好像突然之间能理解我妈在邻居面前故意夸大事实的那种心理了。众人赞赏、钦佩和羡慕的目光好像是一阵阵软绵绵的风，能把我托到云端去。

说到底，我和我妈其实是一种人，骨子里都流着一样的血。

旁边的同学摇晃着我的胳膊，问我这段时间晚上都是几点睡的。我定了定神，故作轻松地说："晚自习结束以后回家就睡了啊。"众人听完脸上钦佩的表情又浓重了几分。伴着上课铃声响起，他们一边往自己的座位上走去，一边唉声叹气地自言自语："唉，人家的脑子是开了光的，咱们的脑子就是榆木疙瘩。"

我长长地舒了口气，没有再多言语。

那天是周一，学校举行升旗仪式，我因为肚子痛，向班主任请了假。从厕所回教室的时候，我站在教室门外听见了自己的名字。

"没看出来林子一其实还挺厉害的，期末考试竟然考了全班第一。最近班主任对她和蔼了不少，不是值日生竟然还能请假不去参加升旗仪式，简直是班主任的新宠啊。"

"你还忌妒上了？有本事你也考全班第一啊！"

静默了几秒，随后我听见一个放低了音量的男声："不过你说，是不是学霸都长得一言难尽啊。我第一次见林子一还以为她是个男生，长得一点也不小巧可爱，感觉应该不会有男生喜欢她。"

后面的对话我没有再听，我放轻脚步，转身重新走回了厕所，心里像是被什么东西堵住了似的，莫名地难受。

直到升旗仪式结束，我才从厕所里出来，尾随着回班级的人群走进教室。

回到座位以后，我心跳得很快。我微低着头，目光却紧盯着门口。当同桌姜思瑶大喇叭似的和旁边的同学在说隔壁班的"班花"又收到几封情书的时候，我深吸了一口气，正了正身子。

姜思瑶回到座位上，我假装从书包里掏书，手却故意带出了那封信。信掉在地上，姜思瑶低头去捡，我几乎能在嘈杂的环境中听见自己的心跳声。

下一秒，姜思瑶已经起身："我的天啊，这是姚旭写给你的情书吗？"

我假装有点恼怒，皱着眉头从姜思瑶手中抢回了那封署名的信，却对姜思瑶的话故意没做回复。

紧接着，全班同学的目光都被姜思瑶吸引了过来，她将两只手像扩音喇叭一样放在嘴边喊："天啊，隔壁班的'班草'竟然给林子一写情书了，大新闻啊！"

我的脸十分合时宜地红了，所有人都以为我是害羞了，只有我自己知道，我是因为心虚和紧张才脸红的。此刻，我身体里的血液像是被烧沸了一般。

立刻有人跑过来围在我的座位旁边，讨论起这个大新闻。

姚旭是隔壁班的"班草"，品学兼优，几乎每天都会有不同的女生去隔壁班的后窗那里偷看他，给他送情书和礼物的人更是接二连三。如今，这样一个人给我写了情书，很难不让大家对我刮目相看。

众声嘈杂间，我偷偷抬眼去看刚刚在教室里讨论我的那两个男生，只见他们满脸都是诧异和不可置信。

因为连着两件大新闻都发生在我身上，一时间我在班里的关注度高了不少。我很满意这种现状，感觉像是在一片黑暗中，独独有一束聚光打在自己身上一样，我的虚荣心像是阳光充足、雨水丰沛下的藤蔓，弯弯曲曲地长到了云端。

班主任叫我去办公室的时候，我正在给几个同学讲一道数学题。我利落地站起身，挺胸抬头，感觉自己是去领奖一样，但其实我内心很慌张，像是早有预料一般。

到了办公室，我一眼就看见站在角落里低着头的姚旭，我的脚步顿时迟缓了几分。

班主任把我领过去，随后和姚旭的班主任对视了一下，姚旭便被带出了办公室。班主任把门关上，声音依旧和蔼："老师听说姚旭给你写了情书，是真的吗？"

我猛地抬起头。我从来没想过这件事情会传到班主任的耳中。

我心慌地咽了一口口水，缓缓低下头，没说话。

班主任又说："是这样的，姚旭的班主任听说姚旭给你写了情书，想听听他的想法，但是姚旭怎么都不承认这件事情，所以老师把你叫来问一下。不过你不用害怕，这件事情你是没有什么过错的，你只需要告诉老师实话，姚旭是不是给你写了情书？"

我感觉自己已经紧张到要窒息了——要和班主任实话实说吗？如果那样的话，同学们会怎么看我？可是我不说实话，姚旭可能就要被冤枉了，到最后他可能还会因为死不承认被请家长。

我突然有点为自己之前没经深思熟虑就编排出的那个谎言后悔。

班主任见我没说话，以为我是想替姚旭打掩护。她失望地摆了摆手说："你先回去，回去好好想想。"

我没说话，低着头弓着身子从办公室走了出去。

在办公室外面，我又看到姚旭和那位一脸恨铁不成钢的班主任。只不过一秒的视线交错，我就看见姚旭的目光中充满了轻松和感激，那样子好像是在说"幸好有你替我做证"。

我离开办公室的脚步加快了几分，走廊的风一阵又一阵地吹在我的脸上，泪珠被吹碎在风中。

姚旭确实是个品学兼优的好学生，热爱学习，尊敬老师，所以他根本不会去写什么情书，更不会欺骗老师。他确实给我写了一封信，却不是什么情书。上学期期末考试，我的语文成绩考了全年级第一名，作文被印成范文分发到全年级同学手中。姚旭的信就是在那之后传到我手中的。他看到我的范文中有一个句子很眼熟，但是在网上又没有找到原句，问我是不是化用了哪个句子。他在信中说不好意思当面问我，所以才写了那封信。

姚旭应该不知道，我利用他的好学满足了自己的虚荣心，到最后连一句实话都不肯替他说。

这样的我，连我自己都觉得无比厌恶。

后来，我向老师递交了那封姚旭写给我的但被大家误以为是情书的信，也在与同学们的一次玩笑中否定了那是一封情书。同学们看向我的目光开始变得如常，不再对我钦佩有加，我虽心里有些失落，但也不打算去补救什么。我真的开始全身心投入到学习中，阳光打在课桌上，沿着书本翻动的痕迹跳跃着，日子就这样继续平静地度过。

那一年，我十八岁，正式成为高考大军中微不足道的一名预备考生。班会课上，我因为学习成绩进步，被班主任叫到讲台上分享学习方法。

从座位旁走到讲台上，我挺胸抬头，每一步都走得无比坚定。

在班主任和同学们赞赏的目光中，我听见自己的声音："努力比什么都重要。"然后我说出了我熬夜刷题的日子，说出了我一边吃饭一边背单词的生活，说出了每次放假我从不休息的状态。最后我说："我从来不是一个天赋异禀的人，我只是一直在努力。"

台下掌声雷动，同学们有没有原谅我之前的撒谎行为，我不知道。我只知道，在那一刻，那些曾经被我隐藏于黑暗之中的，关于我默默努力和拼搏过的日子都见了光。阳光之下的它们静静地散发着光彩，照耀着我成绩单上一次又一次向上攀爬的排名。

那一年，我的学习愈加紧张起来。我妈不再整夜出去打麻将，她会在我挑灯苦学时轻手轻脚地为我递上一杯温牛奶；与邻居聊天，她再不似从前那般说话毫无分寸，或许是害怕给我增添压力，更多时候，她只是坐在我身边默默倾听。

十八岁，我从时光的洪流中走过来，一切好像并没有太糟糕。

读诗的早餐

宽　宽

　　每个家庭都在尽可能给孩子提供最好的教育环境和资源。至于"最好"的标准，根植于父母的"三观"，各家必然会不同，实在没什么可比较的。

　　上小学二年级时，我差点失学。

　　因为老师每天都布置大量的抄写作业：这一课的课文抄十遍，那一课的生词抄二十遍，诸如此类。没完成作业的学生，老师会用戒尺重重地打手心，缺几遍打几下，打完还要罚他在教室外面站一节课。

　　我从小就是个脸皮很薄的小孩，受不了当众挨罚，因此，每天放学回家，只好乖乖地抄啊抄，没有时间玩耍。

　　一天天过去，我觉得自己快要抄成个呆瓜了。

　　爸爸最先受不了了，他总是说："你出去玩，不要做这些没有创造力的作业。"

　　可是，做不完作业会挨打，我不敢不做。

　　爸爸不再说什么，但听到爸妈讨论我的学校的次数逐渐增多，那已经是小城里一所不错的小学了。

有一天，爸爸忽然严肃地说："不要去上学了，我每天下班回家教你。"

我爸的提议遭到了我的强烈反对。不上学的孩子，会被同学们看成异类，我没那个胆量。

妈妈也无奈地说："咱家是搞教育的，自己的孩子却不上学，这怎么说得过去。"

那时除了公立学校，没有其他选择。爸妈都有工作，我不上学的话，白天就没了去处。在我和我妈的坚持下，我还是继续上学了，但我爸和我达成一个协议：

每天的抄写作业，我只能写一遍，剩下的九遍也好，十九遍也好，爸爸会模仿我的笔迹，全部帮我抄完。

我刚听到这个提议时都震惊了，这万一被老师看出来，后果简直不堪设想。

第一次拿着作假的作业交给老师时，我忐忑至极，手心的汗把作业本的边角都浸湿了。

我觉得我一定会被当场戳穿。那一幕我至今铭记在心——老师拿着我的作业本意味深长地看了我一眼，然后在作业末尾画了个大大的红钩，竟还给我了。

这就表示通过了！我很惊讶，又窃喜不已，从此欣然接受了爸爸的提议。"没有创造力的作业"全部由我爸完成，我多了许多瞎玩和看闲书的时间。

那时我把爸爸的行为视为对我的一种纵容，犹如我要五块钱零花钱，他总是给十块钱一般的纵容。

我长大后才理解了他的苦心。用我爸的话说，是在夹缝中艰难地保护孩子天生的一点灵气。

于我，学到的是面对权威也要独立思考，"灵气"很重要，也少不了反抗的策略和方法。

那时和课本无关的书都被视为"闲书"，老师和大多数家长都不鼓励，甚至不允许孩子看闲书。我家是班上的闲书之源，爸爸的书满坑满谷，我想看什么就看什么，从来没有"正经书""闲书"之分。

有一天晚上，爸妈在里屋看电视，我在外屋看一本小说，看到结局，年纪小没见识，泪点超低，边看边哭得上气不接下气，眼泪哗哗地湿透了书。

妈妈听到动静，掀开门帘看了我一眼，啥也没说又退了出去。

直到我痛哭流涕地看完，爸妈也没有来跟我说一句话。后来我才明白，不打扰，就是一种默许和鼓励。

多年后我回忆起那个痛快淋漓沉迷书中的夜晚，仍然感觉是种莫大的享受。

后来无论境遇如何，只要躲进书里，我就觉得拥有了整个世界，以至对现实生活少了许多欲求。

上学时，我的考试成绩好与坏，都不会在家中被讨论。成绩好不会得到奖励，成绩差也不会被惩罚。总之，对成绩这个东西，爸妈像是无感。

记得有一次期末考试，我稀里糊涂地拿了小学各科第一，还有一张画在全县评比中得了一等奖。拿了一堆奖状回家，妈妈的反应淡淡的，也没有像同学的家长那样把奖状贴到墙上，我当时还有些失落。

或许是他们有意为之，或许是他们真的不在意，总之造成的结果是，我认识到学习不是一件为了达成某个目标而做的事情。

那时学校里按成绩划分等级之风盛行，好在家里对此淡漠，让我有空间建立起自己的评价标准，以及凡事更重视过程的心性。但也留下一个后遗症——我心中少有与人竞争的念头，工作之后更是如此，喜欢就做，不喜欢就走人，不会为了赢而做什么。

这一点在刚入职场那几年，让我吃了不少苦头。职场哪有不竞争的啊，我是逢争必输，因为觉得争争抢抢实在没意思，不肯花心思。

后来，从职场的"动物园"跑进单打独斗的"原始森林"，不喜竞争这一点才终于发挥了它的正面作用。因为心里没有别人和对手，才能最大程度享受做事的乐趣。

在时代强大的扭曲力场之下，我有幸找到了适合自己的生存"缝隙"。也因为不上别人的擂台，就无所谓成功与失败。

小时候家中有个习惯，每天早上在妈妈端早餐上桌前，爸爸会随手从书架上抽一本书，随意翻开一页念一段。

念诗是最经常的事。他不做过多解释，也不要求我背诵，只是要我感受。

他说，诗是作用于心灵的，而不是作用于头脑。他要我放下语句分析，去感受诗的意境。

一日日过去，我没有记住多少诗句，没有可供在外面炫耀的东西，但诗对生活的滋养，却从此留在我的人生里。

遭遇生活的消磨、处在人生低谷时，读几首诗，心中的积郁便能散去大半。

那些个早晨，我们一家围坐炕上，吃着早餐，北方早晨稀疏的阳光从炕边的窗户照进来，饭前爸爸读过的诗句，还在心中回味，像是写诗的人此刻也在我们身边。

这是人生中一想起来，就觉得幸福的画面。

爸爸说，都说读诗无用，其实读诗是最有用的，没有这些"无用"的趣味，人生就像一口枯井，多活一日都不耐烦，那种苦才是真的苦。

我小时候不明白，现在懂了。

不比较，不引导竞争，教育不唯分数论，当如春风化雨，这些我是从爸爸身上学到的。

夏天里的少年

里则林

我人生中特别有少年气息的那几年，上课没办法专心听讲，思想长期游离于课堂之外。我经常幻想自己变成了超级赛亚人，一拳击倒了教学楼，校长和所有老师都诚惶诚恐地求我：只要你放过我们，你要一百分就给你一百分，你要三好学生就给你三好学生。冷风迎面吹来，沙子差点迷了眼睛，我冷冷地转过头去，告诉他们，我只是想拯救世界而已。

一般想到这里我都会忍不住微笑起来，然后老师会叫我站起来复述他刚刚所讲的内容，全班鸦雀无声，包括我。接着我会站在教室外面一直到下课。

这时我总是观察周围是否有和我一样的人，但是每次都很失望。直到有一天，对面班里转来了一个人。他来了以后，在我因为没交作业、上课讲话、操行分过低等各种原因站在教室门口的时候，几乎都能看到他的身影。

面对面站了几次以后，我们终于产生了一种惺惺相惜的感觉。

他告诉我他叫夏添，以至后来到了夏天或者听到有关夏天的歌时我都会想起他。

我们每天一起鬼混，经常试图逃课出去打游戏，但总被门卫拦下。直到某天，夏添和我借着捡篮球的机会逃出了校门。那天我们很激动，就像越狱成功一样充满成就感，我们在广场上对着长江学电影《勇敢的心》里的主角那样大喊"freedom（自由）"。我偶尔会跑到他家上网，看搞笑视频，吃完饭又一起出去晃荡。每次临出门时，夏添妈妈会一直唠叨，他就告诉他妈外面有很多"小弟"等着我们，如果我们不出去就群龙无首了，会发生骚乱。夏添妈妈只能无奈地看着我们的背影摇头叹气。

不学无术、鬼混度日是要付出代价的。初二结束那年，我被勒令留级，而夏添由于是借读生，逃过一劫。我留级的那些日子，夏添总是拉着一群人在校内随意晃荡，无聊时会来敲我们教室的门，或者在外面大声叫我出去。终于有一天，我的班主任忍无可忍，让我转班。夏添知道了以后，一直安慰我。

一个星期过后，班主任把我叫到办公室，出人意料地告诉我之前的事就算了，还说了些叫我加油之类的话。第二天上午，楼道里贴出了夏添被处分的通告，原因是他在上课期间故意捣乱，影响其他班级的正常教学。

我们在一起鬼混了两年。读完初中的时候，我妈决定将我"发配"到海南。我走之前的一个月，我们一大群人仍旧每天到处晃荡玩乐，但那年夏天的空气里弥漫着一些离愁。我们的内心并不像表面那样大大咧咧。

临走的那天晚上，我们一群人坐在路边，说着以后如何如何，不乏"到时候等你回来"之类的话语，每次说完，大家都要沉默好久。第二天我走的时候，夏添送我到机场，我们一起排队等安检。到我的时候，我回过头说"要走了"，夏添叫我快"滚"。过了安检，我站在里面，他站在外面，我对着他笑了笑，他大喊了一声"等你回来"，然后哭了起来。过了一会儿，他转过身背对我，摆着手做再见的手势。

那年夏天过后，我们没再见过面，但我经常会想起那个驼着背颤抖的背影。直到几年后的夏天，我回到重庆，他已经去当兵了。其间他给我写过信，打过电话，寄过生日礼物。在我没钱花的时候，他吃了一个星期的方便面，把他的生活费汇给我，这是我回去以后听别人说的。记得那次他汇钱给我的时候说："我有的是钱，你急用钱就告诉我。"

回重庆后我还听说，大家都和他闹僵了，至于原因没人愿意提起，我也没有问过。只是今年夏天就快过去了，而我还没能见到夏添，他在云南的空军部队当兵。按他的说法，以他现在的体格，用一只手，也能轻轻松松制服我。

于是我想，也许过不了多久，在某个夏天，我们会再见面。就像当年隔着一条走廊，两间相对的教室门口各站着一个少年，面对着面，内心纠结着，又充满了欣喜。

没有特长的人生

楚问荆

8岁那年的暑假，我所在的小镇突然掀起了学素描的热潮。某天清晨，我正蹲在家门口就着咸菜呼噜呼噜地喝粥时，隔壁院子里的几个男生背着画板从我的面前走过。他们迈着大步，虎虎生风，像极了武侠小说中的大侠、剑客，简直太酷了。

那时候的我，除了成绩单勉强还能看，别的什么也拿不出手。

这也难怪，别人家的小姑娘在家端坐着弹钢琴时，我正挽起裤腿和一群男生在池塘里捞蝌蚪；别人家的小姑娘在家苦练丹青时，我正和小伙伴们商量着谁先上树，把有限的生命投入到无限的爬树掏鸟蛋中去。

我觉得自己不能再这样下去了，要有更高的人生追求。

于是，我向我爸提交了学素描的申请。

我的日常生活便成功地从掏鸟蛋转变成了画鸟蛋，在我眼中，这可是质的飞跃啊！我整天都在咧着嘴傻笑。

学了一段时间后，我也画得有模有样了。一天，我满心欢喜地捧着一幅刚完成的作品去奶奶面前求表扬。小孩子嘛，都是这样的，渴望得到大人的认可。

可我万万没想到，奶奶接过画后一脸疑问："这乌漆墨黑的，什么东西？"顺手就撇到柴火堆里做了火引子，而我那些剩下的画纸，也被她老人家拿去包了茶叶。

我的满腔热情，就这么败给了烈火和茶叶。而我的学画生涯，也在那个夏天无疾而终了。

可是我没有死心，我不甘心从小到大自荐表的"特长"一栏中只能写个"无"字。于是腰肢僵硬的我，作死般地加入了学校的民族舞社团，不过我那多次把妖娆跳成腰折的实战经历表明，这辈子，我基本和跳舞无缘了。

还有一次，熄灯后开寝室夜谈会，室友起哄让我唱歌，我记得当时自己选了首周杰伦的《告白气球》，唱之前我还特意清了清嗓子。

宿舍瞬间安静了，我当时自信心爆棚——她们肯定是沉浸在我美妙的歌声中不能自已！这么想着，我的声音不由自主地提高了，可是接下来发生的事让我的自信心受到伤害，我听到隔壁宿舍在那边咚咚地敲墙道："大晚上的，唱什么二人转，还让不让人睡觉了！"

所以，这么多年过去，除了莫名其妙地掌握了能把任何歌都唱跑偏成二人转的调调这一神奇的技能外，我还是什么特长也没有。

有时我也会沮丧，但更多的时候是感到庆幸。庆幸我的童年时代，不是孤独地在空房间里练琴，不是为了获得各种奖项而忙碌；相反，我的童年是香樟院里的红蜻蜓，是大街小巷中撒丫子奔跑的欢畅，是由数不清的快乐和欢笑组成的。

有时候我也会想，就算给我一个割舍掉童年的快乐来换取各种特长的机会，我也未必会乐意。或许我会有一项人人艳羡的特长，但我就不会有那段直到现在仍念念不忘的童年时光，更不会有现在的我，不是吗？

等来一束星光

薄皮大馅

这个世界上最不讲道理的东西就是天赋了。小时候上美术课，有的同学半节课就能完美地复制书本上的图画，我认认真真琢磨半天，反复打草稿，最后还是画出了一个"四不像"。

中考前为了体育考试，我每天天不亮就起床去学校练习跳远和抛实心球，结果总是不敌同学随随便便、轻轻松松地一跳和一抛。

同样面对一道困难的数学题，我绞尽脑汁没有思路，而班上有的同学扫一眼题目，脑海中就已经罗列出好几种解题方法。

长这么大，我明显地感受到自己没有天赋的事情多得不胜枚举。

有一天晚上我写不出稿子，跑去找朋友倾诉："我觉得好难受，虽然我知道没有天赋可以用努力来弥补，但是我写了这么多年，可能作品还是赶不上有天赋的作者写的处女作，就觉得努力真的太渺小了。"

朋友听了我的话，反问："那你想达到的目标，或者说你写作的意义是什么？"

说实话，这个问题把我难住了。

我想了好久。

回归到最初，我写东西不是为了赚钱，也不是为了写出什么惊世之著流芳千古，就是单纯地想到了一个故事，想将它具象化，然后呈现给别人看。

如果这个故事能让看故事的人有一些感触或者收获，那对我来说，这个故事就已经很有价值了。它和别的故事比起来是好还是坏，都不那么重要。

况且"好"，也只是一个相对的概念。在获得诺贝尔文学奖以前，谁也不敢说自己是全球知名的作家，就算得了奖，和千百年来历史长河中的大作家们相比，也未必是名列榜首的那一位。

所以这样盲目的比较只会让自己徒增烦恼，没有任何意义。

确实，这个世界上可以用到天赋的地方太多了，可是更多的是没有天赋却还在为了达成某个小小的目标而继续努力的人。

上美术课的我，目标不是成为下一个毕加索，而是好好地完成一份课堂作业。

准备体育考试的我，目标不是参加运动会拿跳远金牌，而是尽可能地为中考多加两分。

解数学题的我，目标不是发现新定理供后人写进教科书，而是想弄懂一个新知识点，考试时能够做对题目。

天赋玩家有他们的使命，普通选手也有自己的追求。

努力不能让我凭空拥有天赋，但能把我自身的潜能发挥到最大，让自己实现最好的那一种可能性。

写故事也一样，文字会感受到你的诚意和努力，量变积累到一定程度，总会有质变。不去强求，也不放弃努力。我终将等来属于我的那一束星光。

你的好，美食也替代不了

董　红

1

半夜被饿醒的滋味真不好受，双眼直勾勾地瞪着，不舍得眨一下，因为汉堡、鸡腿、烤冷面像海市蜃楼一样，在头顶的床板上时隐时现。

怎么突然听见吃面条的声音？我顺着声音机警地寻找，发现声音来自上铺。我上去一把掀开被子，以为会抓住一碗热气腾腾的面，哪想到撞见的是一张饿得和我一样的脸。

"是谁在吃面？"我小声问道。

"它！"齐济扬了扬手机。然后我和她挤进一个被窝里，四只眼睛像狼的眼睛一样，对着美食视频齐刷刷地放光。我们还边看边争先恐后地流口水。

"那火鸡面辣椒放得太多了吧？""那样才够味儿。""生蚝要多放些蒜末才好吃。""还要多放些小米椒碎。"后来才发现，我们有许多共同点：都喜欢麻辣油腻重口味，都喜欢拌面、宽粉和海鲜，都喜欢幻想自己在美食视频里大快朵颐和狼吞虎咽。一个美食视频拉近了两个"吃货"的距离。

2

对于资深"月光族"的我来说，每到月末就开始捉襟见肘，索性放假连家也不回了，将路费留下来，还能改善一下伙食。不过，当原本拥挤、喧闹的宿舍突然安静下来，只剩我一个人的时候，孤单和寂寞立刻汹涌地袭来，让人心里空落落的。这时门开了，齐济兴冲冲地走了进来。

"你不是回家了吗?"我又惊又喜。"接一下，接一下，真没有眼力见儿!"她大包小包地卸下行装后，神神秘秘地说:"把钱扔在路上还不如吃进肚子里呢，所以我就……看!"

"小龙虾!"屋子里立马充满了麻辣鲜香的味道。

那是我有生以来第一次吃小龙虾，笨拙得无从下手，剥一只小龙虾就像在和它打架。于是，齐济手把手地教我剥虾的方法。"首先，找到小龙虾的第二节虾壳按压它，接下来挤压虾身两侧，让虾壳和虾肉分离。再将小龙虾的身体戳入虾头，拔出虾身。"齐济的一连串动作熟练极了，眨眼的工夫，壳和肉就分离得干净、彻底。

"张嘴!"她把虾肉递到了我嘴边。我像听话的小孩子一样大声地念了个"啊"，那红白相间的虾肉就立刻入了口，柔嫩麻辣，鲜美嫩滑，让人欲罢不能。

"行了，师傅领进门，修行在个人。剩下的自个儿动手。"于是，我开始剥虾，等剥到第三只虾时，我的动作已经熟练到堪称"剥虾达人"了。"呵呵，果然是'吃货'一个啊！"齐济啧啧称赞。

美食总是能让时光特别美好。此刻，阳光照进来，满桌虾壳红得发亮，像一大捧花开在了桌子上。

"完了！"齐济突然坐了起来。"怎么了？"我被吓了一跳。

"忘发朋友圈了。""白吃了。"我俩齐声憨笑起来。

3

两个"吃货"凑在一起，总会找个理由吃点儿什么。考试考好了，吃顿肯德基，名正言顺地庆祝一下；没考好，吃顿烧烤，美其名曰激发斗志。高兴了，吃一顿渲染气氛；不高兴，吃一顿清扫晦气。最喜欢的是两个人拉着手，在小吃摊上随便买点儿什么，边走边吃，让街角的每一处都藏进美好的记忆里。

然而，这样胡吃海塞的日子不长，一次体检中我被查出了胆囊炎。虽然并不严重，但最可怕的是，医生给出的建议居然是以后一定要加强锻炼，清淡饮食，少食油腻辛辣食物，多吃蔬菜水果。这个消息对于我来说，无异于晴天霹雳。

"老天为什么要这样对我？清淡饮食，啊！我感觉生无可恋了。"话音刚落，一个巴掌狠狠地拍在了我的屁股上。"不是还有我吗？瞎说什么？"也许是嫌那一巴掌的力度不够，齐济又狠狠地附赠给我一个大白眼。

4

于是，齐济自告奋勇成了我的健身教练，每天晨跑三十分钟是她对我的硬性要求。每天早晨五点半，上铺咯吱咯吱的声音像闹钟一样准时把我从睡梦中叫醒。不出半分钟，我的被子就会被一把掀起，然后整个人也会被不由分说地揪起来，被拽进水房迅速洗把脸，便在操场跑道上投入跑步锻炼中。

对于锻炼这件事，齐济的强行安排我是打心底里拒绝的，可她抓住了我的软肋，总会说，如果以后不想再吃烤鸡腿、炸鸡翅，就不要练了。于是，我立马像打了鸡血一样浑身充满了力量。

齐济的体育一直很好，所以，陪着我一圈一圈地跑下来，她一切如常，可我总是上气不接下气，累得浑身瘫软。于是，她的加油打气总是特别走心："又健康了一点儿，和美食又近了一步！"

有一段时间的早晨，我特别盼望下雨，一听到雨水敲打窗户的声音就兴奋极了，马上用被子把自己包裹得严严实实。可是，齐济仍然很准时地"从天而降"。

"外面下雨呢，大姐！""没关系，今天找地方跳绳。"

后来，我就再也不盼望下雨了，因为跳绳比跑步还累。

5

在齐教练的严格把关下，我们的锻炼从未间断过。只有一个早晨，将近五点四十分了，齐济还没从上铺下来。我好奇地抬头一看，她正皱着眉头，蜷缩在床上呻吟，原来是发烧了。

"今天你一个人跑吧，自觉一点儿！"她有气无力地嘱咐道。"放心吧，保证完成任务。"我给她喂了药、喝了热水，就独自跑了出去。偌大的操场，一个人跑步竟然有点儿寂寞，路那么远，跑道那么长，一圈下来就没了力量。

这时，从远处缓缓地走过来一个人。"不舒服就多躺一会儿，都说了我会自觉的，你还不放心吗？""不是不放心，吃过药感觉好点儿了，就是想看着你跑。""你对我这么好，我怎么回报啊？""别误会，不是对你好，而是为了我自己。我是想让你把身体快快锻炼好，咱们再好好撮一顿。"

6

我一直都在想，等病好了一定要请齐济吃一顿大餐，因为她给我的太多了，实在无以为报，而且这成了我的一件心事，让我耿耿于怀。直到在书上看到这样的一句话，我才有一点儿释然：最宝贵的感情，都是超越交换的，含有无条件付出的成分。

齐济对我的好，正是如此。

孤注一掷的15岁

太子光

回忆起 15 岁，我那时在县中学读初三，除了那些让我热血沸腾的游戏，还有后来孤注一掷的决心。那些废寝忘食的日子和给我心灵重重一击、让我醍醐灌顶的夜宵店的老夫妻，如果不是遇见他们，我想我的人生可能会是另一番光景。

刚上初中时，我的成绩还不错，全年级 600 多人中，我排在前 50 名，有很大的机会考取县里最好的高中。只是后来，住校的学生中，玩游戏的人越来越多，我也跟着沉溺在游戏的世界里不能自拔。

每天晚上，监管老师查完寝室离开后，他们都会披上衣裳起床，借着手电筒的光继续玩游戏。刚开始，我没有游戏机，只有旁观的份儿。后来同寝室的任源，为了让我天天帮他抄作业而收买我。他趁周末回家时，偷偷去买了台新游戏机，把旧游戏机送给我。

刚开始玩游戏，那真是通宵达旦。第二天上课，一回到座位，我就趴在桌上安然入睡。老师一次次警告，但我置若罔闻，已经迷恋上游戏的我根本无法自拔。

　　我原本成绩优秀，很多同学都会拿我的作业去"借鉴"，甚至个别同学还出钱让我替他们抄写。但是当我也迷恋上游戏时，哪还有空儿替别人抄作业？我自己的作业都不想做了。

　　任源见我不再帮他抄作业，便要求我把游戏机还给他。我不肯，于是跟他僵持起来。

　　后来有一天，任源的新游戏机找不到了，他第一个就怀疑我。我没拿，自然不会承认，便跟他吵了起来。其他人不闻不问，任由我们吵得鸡飞狗跳。任源口口声声说我是个连游戏机都买不起的穷鬼，不是我还能是谁？我气不过，翻箱倒柜，找出他送给我的旧游戏机，狠狠地砸在地上。巨大的响声引起了所有人的注意，直到这时，他们才说："你们干什么呢，吓我们一跳。"见我砸了游戏机，他们又说："太浪费了吧，给我们玩多好。"

　　那次争执让我很心寒。虽然后来任源知道误会我了，他的游戏机是被隔壁寝室的同学拿去玩了，但我无法原谅他，也不再想跟这群冷漠的同学说话。

　　一天，听同学讲，学校附近新开了一家卖夜宵的小店，味道不错，价格也不贵。在以前，我是不会去的，毕竟父母给的生活费有限，我得计划着花。但上初三后，每天得多上一节晚自习，下课后，就觉得肚子特别饿，再加上父母给的生活费有所增加，于是我也成了夜宵店的常客。

　　一个雨天的晚上，我做完作业去吃夜宵时，夜已经深了。店里没什么人，杨叔杨婶正在看电视。见我姗姗来迟，杨婶随口问了句："在写作业吧？你这孩子挺认真的。"我的脸立刻涨得通红，我哪是什么认真的学生啊。

只有我一个客人，杨婶给我煮面时，多放了些料。我在吃饭时，他们跟我闲聊了起来。直到这时，我才知道他们有两个儿子，大儿子毕业后去了国外，小儿子还在北京读博士。

"哇！你的两个儿子都好争气。"我由衷地赞叹道。我一直很羡慕那些会读书的人，曾经也希望能成为父母的骄傲，但我迷失了自己。

"我大儿子一向懂事，成绩好；小儿子却走过弯路，他像你这么大时，沉迷游戏……还好后来懂事了。"杨婶絮絮叨叨，但一脸喜悦。

"他就跟他哥去了一趟上海，回来就转变了？"我好奇地问。

"那不是一趟普通的旅行。小儿子说，当他看到繁华的上海，看到许多努力拼搏的人，他就感觉自己以前的时光虚度了。这个世界这么大，不能一辈子窝在小县城……他觉得，只有让自己强大起来，才有能力走出去。"杨叔见我追问，耐心地对我说。

我的心仿佛被什么重物狠狠一击，疼痛、难受，如果我再这样虚度光阴，以后怎么有能力走出去？我拿什么跟别人比拼呢？

那天夜里，我第一次失眠了。我回想杨叔杨婶的话，想那个我不曾谋面的还在北京读博士的杨哥。他也曾迷失自己，但他把自己重新找回来了。我呢？我能像他一样吗？

后来，所有人都觉得我变了。我知道，因为我决定改过自新。别人怎么样我不管，但我要拼尽全力考上县里最好的高中，然后再去读大学，用知识武装自己。

不再沉迷游戏后，我收起心思，全力以赴备战中考。在寝室，我就当自己是透明人，不管别人在聊天，还是在玩游戏，我都安心学习。我把以前没有看的书全找出来，逐字逐句地看，把以前空下的题都做一遍。我列了个表，把所有的知识点贯通起来，举一反三，学着分析、总结、归纳。

我时刻提醒自己，一定要努力，一定要坚持，一定要有破釜沉舟的决心。

晚自习结束，我依旧坐在教室里做题，直到熄灯。第二天破晓时分，我早早起床，先上操场跑几圈，然后晨读……没完没了地做题、背书、归纳、总结……我忙得像不知疲倦的陀螺。

累，但心是快乐的，我觉得自己正朝着光明的目标走去。即使失败了，我也不后悔。后悔的，只会是曾经虚度的时光。

中考前，任源在出早操时晕倒了。他连续几天几夜玩游戏，身体终是吃不消。我们很久没说话了，跟同学到医院看他时，他目光躲闪，不敢看我。但我已经原谅他了，我退出玩游戏的行列有一部分原因是他吧。

班上开始写毕业赠言，任源也让我写，面对着厚厚的留言本，我想了想后写下：别把时间全都用在玩游戏上，游戏虽好玩，但这世上好玩的东西绝不仅仅是游戏……我说的都是实话，也许毕业后，我们不会再见面，但我希望他能早点儿明白过来。

我很庆幸 15 岁时能够做出孤注一掷的决定，用努力学习来填补生活的空白。生命中的一些相遇，冥冥之中早已注定，就像我和杨叔杨婶，如果不是他们偶然间的一番话，我如何能够在浑浑噩噩时幡然悔悟，找到自己的方向。

那一年，有个少年想变成风

潘云贵

春节期间，我添置了一些新衣服，发现衣橱里没有多余的空间可以容纳它们，便开始收拾，将很少会穿的旧衣服取出来。

偶然间，我看见一件蓝白相间的夹克，后背上以字母"a"开头的品牌名称十分显眼。在我的印象中，这件夹克我在上高中时只穿过两次。

我出生在农民家庭，16岁前一直穿哥哥的旧衣服。每天出门前，母亲都会过来检查一下我的着装：外套太花哨，裤子有些肥大，里头穿的毛衣太薄，都得换。她再　瞅，发现我的头发也长了，便找时间带我去理发店，请理发师给我剪个寸头。

我因为成绩优异而被保送上市里的高中，在激动之余我也非常紧张，因为那是一个我从未见过的世界，身边都是体格强壮、自信满满的少年。在学校里，我们都穿校服，但一到节假日，同学们立马换上一身新潮的衣服，而我要么还穿着校服，要么换上以前常穿的旧衣服。我从宿舍出来，走在路上，同学们一眼就能认出我来，看出我是从农村来的孩子。他们扫视我的目光让我至今难忘。

过了不久，班上的同学开始评价我的着装。"他为什么要穿那样的衣服，都什么年代了！""真老土！"……我待在角落，假装看不到他们嘲讽的神情，假装听不到他们议论的声音。阳光照进来，我面颊滚烫，好像一个一个巴掌打在上面。

后来，母亲来学校看过我几次，察觉到我跟同学们在穿着上的不同，很快就给我买了新衣服。那是一件夹克，蓝白两色拼接，胸前、背后都印着一串英文字母，班上很多同学都有款式差不多的夹克。穿上这件夹克的那天，我感觉这个世界确实有一点儿不同，似乎没人再用异样的目光打量我，我走起路来更自信，好像我变得跟他们一样了。但很快，我又被打回原形，甚至更糟——眼尖的同学发现我的夹克上有个字母不对，这个消息立刻散布开了。这家服装厂很狡诈，将"a"印成"o"，以此来逃脱侵权的控告，却使我陷入窘境。

"他难道不知道自己穿的是山寨货吗？""是呀，他走路时还把腰挺得直直的，生怕别人瞧不出来他穿的是仿冒品。"……听着这些刺耳的话，我的自尊心受到了伤害。那天课都没上完，我就跑回宿舍，把头埋在被子里哭。

我不责怪母亲——她跟父亲辛苦工作，能力有限，她给我买新衣服，我就已经很高兴了。我难过的是我自以为足够坚强，没想到竟招架不住别人的冷嘲热讽。从什么时候开始，贫穷成为我孤独的原因？我不愿花时间去思考这个问题，以免陷入更加敏感、自卑的境地。

这时，窗外停车场的篷布噗噗作响，我止住哭泣，往外看去，原来是起风了。风吹着流云，吹着操场，吹着一棵棵樟树的叶子，吹着一个个少年校服的衣角……那一刻，我多想成为一阵风，没有形状，没有颜色，在天地间自由穿行，永远不用在意别人的目光，多好啊！

在往后的日子里，我只顾学习，每天大清早就走出宿舍，一个人去食堂吃饭，一个人做作业，一个人钻进图书馆……我逐渐远离人群，活得像一座孤岛。尽管如此，当我去洗手间的时候，隔着门板偶尔还能听到同学们议论我。"他独来独往，都不跟人说话。""他以为自己学习成绩好就能目中无人吗？谁给他的优越感？"我要推开门跟他们辩论吗？估计这样我又会被他们批评为盛气凌人。母亲常告诫我，在外面不要惹是生非，我压住怒火，收回那只将要推门的手。

我喜欢到图书馆顶楼看书，打开一扇窗，风就灌进来，我离风那么近。那时有个男孩儿也时常出现在顶楼，他搬一张椅子坐在有阳光的地方看书。或许是常常见面的缘故，他开始和我聊天，话题多半围绕着书，我们也会聊未来想考的大学、想做的事情以及现在的苦恼。

那年，学校周围众多商场、高楼在建，每天我们都能听见机器的轰鸣声和铁器的敲打声。我们躲在图书馆里看书、吹风、聊天、做作业，像住在琥珀里，隔绝了外面吵闹不休的世界。

高二时的盛夏，男孩儿突然消失了。起初，我以为他是临时有事，等了几天还不见他的踪影，才想起自己竟然不知道他的名字，更别提他的联系方式。他是高中毕业了，还是转学了？我全然不知。

很久没有造访的孤独感再次袭来。那天，我在黄昏里坐了很久，学校里浓密的树林连成一片绿色的海，树叶在风中如波涛般翻涌。又是一个起风的时刻，我想，他也像风一样，那么不经意地到来，又悄然离开，没有留下只言片语。

高中毕业后，我进入大学，身旁开始有三五好友陪伴，但我仍喜欢在黄昏时一个人去天台看书。生活环境改善了很多，我也再没买过山寨货。我不再排斥我秉性淳朴，曾经扎进内心深处的刺也早已拔出。

有一天，我读到菲茨杰拉德的小说《了不起的盖茨比》，开头是父亲给儿子的一句忠告："每逢你想要批评任何人的时候，你就记住，这个世界上所有的人，并不是个个都有过你那些优越的条件。"我想起那个曾陪我走过难熬时光的男孩儿，是不是他的父亲也曾这样告诫过他，他才有那么好的教养，与我这样卑微到尘埃里的学生交往？

我在整理衣服时，竟然从那件夹克的兜里掏出一张高中时写的字条——那一行字写得歪歪扭扭，仍然没有突破我初二时的水平。

母亲走进我的房间，见我正盯着夹克发呆，便在一旁说："当时我特地花了两百多块钱给你买的，也没见你穿几次，丢了怪可惜的，要不送给别人吧？"

我回答她："妈，我想留着。"

母亲似懂非懂地看着我，也不再说什么。她离开后，我在房间里凝视着字条上的字笑出了声，上面写着一个 16 岁男孩儿的愿望：我想变成风，谁都看不见我，我要自由穿梭在这个世界。

少年的我们

沈嘉柯

一

我曾经长久地凝视着窗外的银杏树。我并不是在观察什么，只是百无聊赖。

少年时代的我是一个学习挺认真，成绩却比较一般的学生。整个中学时代，我最好的名次也就是前十名。发现自己不管是用功还是不用功，成绩总稳定在固定段位后，我就多出了很多走神的时间。

我在"心有旁骛"的时间里，除了看窗外，就是回过头打量我身边的熟悉面孔。绝大多数中规中矩的面孔当中，总有一两个是鲜明而犀利的。

那次我回到学校，是刚刚结束了半个月的病假。其他同学去上体育课了，教室里只有两个女生在窃窃私语，还有最后一排，雷打不动坐着的那个男生。我给他起了个绰号——圆规。

女生不去上体育课，自然是有特别原因的。至于他，原因便不得而知了。

圆规这个人挺孤僻的，但又可以理解，他有特殊情况。

因童年时贪玩，他跑到供电站的院子摘果子，懵懂无知地触碰了变压器。等被抢救过来，他失去了右手。

在来到我们班之前，他已经跟很多同学闹过矛盾。他那个当过校长的爷爷找到昔日的学生，也就是我们学校的副校长求情，才收下他当借读生。

他常常咬着一把透明的塑料尺子，右胳膊按住试卷，左手拿着一枚不锈钢圆规，画着几何解题图。

画完了图，他就发出一声响亮的"呸"，把尺子吐掉，把头一扬，他那中分的头发，就在半空中甩飞一下。接下来，他如释重负，左手拿着铅笔答题，整个人仰靠在椅子上。他的脚还时不时踢一下课桌，发出刺耳的声音。用一个词来形容他，就是嚣张。

别的同学看到他这样，都会露出不以为然的神情。女生们很少跟他说话，似乎有点怕他。男生们在不以为然的同时又不好拿他怎么样。

我跟圆规平时也不打交道。我们的座位相隔较远，没什么机会碰头说话。

那天圆规一反常态，主动跟我搭腔："咦，咱俩撞衫了。"

我看了一眼自己的衣服，再看看他的。真的就这么巧，我俩穿的都是宽大的白衬衫。

我闷闷地解释道："我的换洗衣服还没有晒干，下午我家人会给我送过来的。这是我爸的衬衫，临时借给我穿的。"

圆规嘿嘿一笑："难怪看起来老气横秋的。"

他凭什么笑话我？他穿的也是一件老气横秋的白衬衫。我脑海中灵光一闪，问道："你穿的也是你爸的衣服吧？"

圆规把铅笔夹在鼻子和上嘴唇之间，点了点头。

我按捺住对他的反感，笑了一下，去找自己的座位。没想到，我的座位居然只跟他隔两三米远。

看来我在请病假的日子里，失去了存在感，座位被挪到了教室后面。

"我们在后面看风景多方便呀！对吧？以前你可是第一世界的，现在变成第三世界的了。"

他这是在拿座位取笑我。我呵呵笑了一下，一时间竟不知该如何回应，干脆不搭理他，擦起桌椅上落满的灰尘。

"在这个位置，前面的人在干啥，我全都看得清清楚楚。阿杰，你常常溜号。每次班主任写板书的时候，你都在看窗外。我还以为你在看外面上体育课的校花呢，结果窗外什么都没有。"圆规一只手撑着自己的脑袋，嘴里嘀嘀咕咕地说着。

我眯起眼睛，凝视了他片刻，笑道："来，我陪你聊会儿天吧。"圆规反倒一愣。

"聊什么呢？"圆规有点尴尬，变得不自然起来。

"干吗不找同学帮忙？"我轻声问道。

"帮什么忙？"

他这是明知故问，大家都看得出来，他平时做事各种费力不便。

"鬼要你们帮忙。"圆规的语气粗暴起来。

"要说帮太多也不现实。就比如说洗头发吧，帮你挤洗发水还是没问题的啊。"

圆规霍然站起来，恶狠狠地瞪了我一眼。他把铅笔丢到桌子上，笔芯立刻断掉："你什么意思？"

"刚才不是你先跟我搭腔的吗？"

圆规噎住了，握紧拳头说："你是不是想打架？"

二

我摸摸自己的胸口，肋骨分明。虽然大病初愈，但我还不至于在他面前示弱："你要是不怕记过处分，行啊。我也不怕。"

"哐当"，圆规踢翻椅子，他靠着墙壁，怒火中烧。我镇定自若。

我在老师眼里一向是一个乖学生，如果真的打起来，充其量会被记过。至于他，本来就是借读生，到时候恐怕只能背上书包走人。

我把衬衫右袖口上的扣子解开，缩回手臂，放在胸前，只留一个空荡荡的袖子。

"你这是什么意思？"

"公平的意思。"

其实我不擅长打架，但事到临头，也没什么好怕的。

结果，圆规忽然泄气了，一脸的不知所措，他大概是第一次遇到我这样的人吧。

我们沉默了几分钟。

在我的记忆当中，那几分钟特别漫长。我不知道他到底想不想打架。我的袖子空荡荡的，窗户开着，秋风灌进来还是挺冷的。

坐在前排的两个女生远远看着，完全不敢靠近。

"你说的帮忙，是真心的，还是讽刺？"圆规将头扭到一边，没看我。

"真心的。同学一场，本来就应该相互帮助。"我慢条斯理地回答道。

"你这个人也挺古怪的。难怪别人说，我们班里有好几个怪人。"

真的啊？我都不知道自己已经被划分到怪人行列了。

"有多怪？"我问道。

"又像学霸，又不够学霸，心不在焉，还玩什么文学社。"圆规的语气中带着讽刺。

倒也是，在这种一切以高考分数为终极目标的小城中学，搞什么文学社？太出风头了。

"那我们还打不？"我追问。

"算了吧。"他说。

"那就好，打架是不对的，我也未必打得过你。"

圆规笑了，伸出手指，向我比画了一个动作。我也毫不客气地回了一个。然后我们各自回到座位。

下课铃响起来，其他同学陆陆续续回到教室。

三

黄昏时分，在学校食堂吃完饭，我跑到学校外买了一杯热牛奶，还准备了一点零食和电池。我要补上被病假耽误的课程，我打算宿舍熄灯后打着手电筒在被窝里温习。

毕竟在同一个文科班，宿舍也在同一层楼，我又碰到圆规了。在学生宿舍楼的走廊尽头，是一排水池，有十几个水龙头。平时大家洗脸、刷牙、洗衣服、洗头发，都在这里排队。

他看起来不慌不忙，但实际上我知道他是烦躁的。无论如何，一个人只有一只手可以用，还是不大方便。圆规看见了我，眼神似乎闪了一下，但没有开口说话。

我朝他走过去，故意装作没看见他。三秒钟后，我转过身，看到了圆规垂头丧气的样子。我暗笑了一声，对他说："来吧，我帮你。"

"你这个人，说话还挺算数的。"圆规嘟囔着。

圆规抓起毛巾往自己头上淋热水，我挤出洗发水倒在他的头上。他动作熟练地揉搓出泡沫，喊我："老马，帮我冲一下。"

我根本就不姓马，我姓冯。他自作主张，把我的姓氏去掉了两点水。我倒是感到奇怪。

圆规振振有词地说："昨天语文老师讲过，古文里将施恩德形容为广施甘霖，那就是洒水的意思。既然你做了功德，也就是洒了水，水少了，'冯'不就变成'马'了？"这家伙完全是胡扯，我这个姓氏，在词典里指的是马跑得很快，跟水没关系。不管怎么说，作为同龄人，这么帮别人洗头，还是有点怪怪的。末了，他终于憋出一句："不用谢。"

"我谢你？"

"你不是喜欢写写画画吗？下次参加作文大赛，你就能写一篇《助人为快乐之本》，保证能得奖，说不定高考还能加分。"

我哈哈大笑道："你就瞎扯吧。加不了分的，除非是特招保送。"

我不知道我们是不是成为好朋友了。

圆规始终没跟我说过谢谢。他经常在周末返校后经过我课桌时，丢给我一包麦芽糖。这就算致谢了。当我是灶王爷吗？灶王爷上天言好事，下界保平安。

我心安理得地吃掉一半，剩下的分给了前后桌的女同学。

他安静地待在教室最后一排，不再发出干扰别人的响动。他的忙，我一帮帮了一学期。后来，他考上大专，离开了本省。我读了本省的一所大学。

在没有手机的年代，我们流行在毕业通讯录上互写临别赠言。圆规给我的赠言颇为古怪："你老盯着窗外的银杏树看，你也挺像银杏树，深深地祝福你。"

这么没头没脑的一句话，啥意思？不过，我也过眼即忘。后来，我们渐渐失散在时光中，没有了联系。

大学毕业后，我择一城定居。眨眼许多年过去，我家门口有一棵银杏树长势良好，接近楼顶那么高了。我偶然间凝视户外，目睹一大片云掠过那棵银杏树。云影投射下，整棵树都是晦暗的。等云影挪开，阳光猛烈而笔直地照下来，银杏树仿佛颤抖了一下，爆炸似的剧烈闪耀，如同黄金在大地上跳舞，令我瞠目结舌。

没多久，天光云影恢复平常，银杏树也恢复了普通模样。

我顿悟，也许在当时的那一刻，少年的我，在少年的他眼里，就是这么一棵银杏树，机缘巧合，迎来高光时刻。

老师家的孩子们

林韵九

　　我是韩璐璐，一个普通的女生，但在我们班甚至全校很多同学眼里，我不仅仅是我，更是市重点高中优秀语文教师李梅的女儿。我有着教师妈妈得天独厚的资源，我家和学校只有一墙之隔，即使需要绕到学校正门口才能进入校园，也不过五分钟的路程。

　　我被同学们归到看起来"轻易就可以取得好成绩"的那类人中，就像他们认为将军的儿子还应该是将军那样理所当然。但是，很可惜，我的成绩并不优秀，爸爸妈妈甚至送给我一个专属名词——尴尬生。我的成绩从没掉出过年级前 50 名，但前 20 名里也从来没有我的名字。

　　我在学校向来默默无闻，但上厕所的时候偶尔也能听到同学们偷偷议论——"那个就是李梅老师的女儿。""学习一般。""老师家的孩子还有学习不好的吗？"……我都习惯了，只要她们不围观我上厕所，怎么都好说，而且不得不承认，我妈的名气在我们学校确实比我的大多了。好在我只需要再待一年就可以离开家、离开父母了。

不可否认，李梅老师绝对是一名德才兼备的优秀人民教师。她传道、授业、解惑，和学生亦师亦友，为三尺讲台鞠躬尽瘁，兢兢业业从事教师工作几十年，桃李遍天下，在高考语文教学上更是出了名的方法独特、技艺高超。但这些荣誉和成绩都无法帮她成为一个好妈妈——在我心里，她始终是一名严厉的高中语文教师，她也并不怎么喜欢我这个不够优秀的女儿。

作为让妈妈在学校很尴尬的"尴尬生"，我在学习上并不是不努力，相反我很用功，每天下晚自习回到家里还要做一份数学试卷。我的数学是"短板理论"中缺口最大的那个，我的自习时间都献给了数学，可我仿佛遇到了瓶颈，越是着急越无法突破。

在我每天郁郁寡欢却食量不减的迷茫期，我妈终于看不下去了，忧心忡忡地对我说："璐璐，你实话告诉我，你是不是喜欢上谁了？"优秀语文教师李梅这话是有所省略的，演绎一下就是："韩璐璐，你成绩这么差，整天心事重重、一声不吭，高三时间这么紧张，你是不是把做数学题的时间用来早恋了？"正处于青春敏感期的我听到此话，羞愤难当，一时间哑口无言。

天知道文科班总共就十几个男生，排除几个已经"有情况"但还以为老师不知道的，就所剩无几了。思来想去，也就坐在我斜前方的林嘉这个帅哥可以被列为怀疑对象。他是年级数学组组长张老师的儿子，也是我们中学高三文科班大部分女生心目中的理想型男友。在高三这么紧张的时期，他的书桌上堆满了女生写来的粉色便笺。

可是李梅老师也太高估自己女儿的自信心了吧。我虽然偶尔自恋，但大部分时间觉得自己又胖又丑，最重要的是，我与林嘉总共说过三次话，两次都是他爸爸出于照顾同事家的孩子，让他拿其他名校的数学试卷给我。我承认靠近帅哥的时候心会跳得厉害，但是繁重的学业已经让我失去了少女的悸动，偶尔抬头欣赏一下帅哥就已经很满足了。

我和李梅老师的矛盾，终于在我三番五次恳求班主任给我换座位的背景下爆发了。李梅老师对我频繁换座位的举动胡乱猜疑，甚至误以为我只是想和林嘉坐得近一些。

最终，我在李梅老师的"严刑拷打"下还是哭着招供了。

我的同桌并不是典型意义上的差生，她成绩还不错，但酷爱聊天，每天和前后桌从盘古开天辟地聊到当下的明星八卦。我们关系很好，但我深受其扰。我和她商量让她少说点儿话，她还特意在嘴上贴了胶布。虽然她仅仅坚持了两天，我却不好再苛责她。最重要的是，我们的座位在中间，周围还有别的同学，大家仿佛都自建了厚实的城堡，一学习起来便会自动屏蔽周围的声音，这让我有些惶惶然。是我自己的抗干扰能力太差了吗？为此，我甚至在宝贵的课余时间去向我们学校的心理老师求助。心理老师教了我"自我暗示法"，而我在多次试验无效后，下定决心换座位。

第二次调座位的原因让我有些难以启齿。我来到了学霸章然旁边。章然原本是我最好的朋友，也是教师子女，我俩可是一起在教师家属院玩泥巴长大的。可是自从上了高中，她的性格越发孤傲起来，多次暗示不想和我一起上下学，甚至我通过她爸爸加她微信也没有成功。眼看10年友谊被单方面宣布"死亡"，在繁忙的高三我不得不停止示好。和她靠这么近让我如坐针毡，甚至上课的时候我都在想章然会不会很讨厌我。

本该全心全意地对待学业，但这样的分心让我很痛苦，既愧疚又拿自己毫无办法。终于，我按捺不住告诉了爸爸妈妈，鼻涕一把泪一把地请他们帮我咨询心理医生：我到底是怎么了？自诩可代替心理专家的爸爸说我这是厌学。我无能为力。最终，在李梅老师的帮助下，我坐在讲台旁边完成了高三学业。

高考结束后，我准备回学校收拾东西。李梅老师叫住了正要出门的我，从衣柜里找出一条我垂涎已久的姐姐的裙子让我换上。我还没来得及合上嘴巴，她又说："如果真的很喜欢就去表白吧，勇敢一点，不然就没有机会了。"我就这样被套上一直梦寐以求的仙女裙，满心欢喜地去学校了。但是那天我并没有遇到林嘉。

我遇到林嘉是在暑假的一个雨夜。

夏天的暴雨说来就来，我没来得及跑到家，大雨就倾盆而下。我只好就近躲进楼道——就在这里，我看到了林嘉。林嘉很诧异，想了半天也没想起我的名字。我只好尴尬地自报家门，心里却在责怪自己为什么不穿着仙女裙来散步，头发也没洗，怎么办？怎么办？

林嘉显然没有注意到我的窘态，主动打开了话匣子。那天的雨下了很久，我们也聊了很多。林嘉说得最多的是他的双胞胎弟弟林森。我是知道林森的，就算不想知道，学校里和小区里的祝贺条幅也不会放过我。大家用各种方式庆祝林森同学以优异的成绩考入清华大学。我内心翻着白眼想让林嘉停止这个"别人家孩子"的话题时，他突然话锋一转，开始忧伤起来。

他说："我从小就生活在弟弟的阴影之下，和他相比我太普通了。他很优秀，爸爸妈妈更喜欢他。我为他骄傲，但我也不想别人一直叫我'林森的哥哥'。"听到这里，我本来想告诉他，你是个大帅哥，有多少人羡慕你帅气的容貌，你清醒一点。但转念一想，在我们大院里，在老师和父母的眼里，容貌是最不值得一提的。林嘉不是不知道自己拥有好看的容貌，可是这并不能换来父母的肯定。

后来，林嘉在大学期间参了军。再后来，林嘉牺牲。整个家属院都轰动了，大家没想到，从小白净文弱的小男孩以惊天动地的方式，成了人们心目中的大英雄。大家感慨不已。我想，那时候没有人再说他只是林森的哥哥了。曾经在我心里熠熠生辉的少年，或许正在某个地方闪耀着自己的光芒。

在偶遇林嘉之后不久，我收到了章然从遥远的美国发来的邮件，这让我又惊又喜。她的信不长，却足以让我回味整个夏天。

她说："璐璐，对不起，初三的时候我才知道爸爸在外面有了新的感情。最让我震惊的是，这件事情，我们家属院的其他人都知道，只有我被蒙在鼓里那么多年。我不敢相信这是真的，我比妈妈更痛心他的背叛，这摧毁了我所有的骄傲和自尊。每次我走进大院，就觉得坐在门口乘凉、看孩子的大爷大妈们都在耻笑我。我也终于明白为什么妈妈早早从教学一线上退下来，拖着病体照顾我和弟弟。记得我还经常和你炫耀我的医生爸爸做手术的时候是多么英俊潇洒，每次想到这件事，我就觉得自己既可怜又可笑。我甚至开始埋怨你身为我的好朋友为什么不早点告诉我这件事情。但我又清醒地知道，你是无辜的。"

章然的文字并不煽情，但读完这封信，我还是想用大哭一场来化解自己的满腔委屈和对章然的心疼。我终于解开了困惑我三年的友谊消散之谜，但我也知道，年少时的情谊终究是回不去了。我给章然回复："然然，你知道吗？你一直都是我的榜样，是我想追却一直追不上的小太阳。愿你万事胜意，不负前程！"

去上大学那天，李梅老师在车站送我。她一改往日的严厉，一直在絮絮叨叨地叮嘱我要照顾好自己。上车的时候，我突然抱住了她。她愣住了，然后嗔怪道："你看旁边的小朋友都笑话你了。"我说："那又怎么样呢，因为他不知道离开家、离开父母有多么难过。"

汉家有衣，襟带四方

微小曦

我自小乖巧、斯文、恬静，人人都夸我是一个淑女。所以，当我妈说我是一个不折不扣的"破坏大王"时，没有一个人相信。

我妈声讨我的时候，咬牙切齿，甩出她收藏多年的几十条布满补丁的床单、被罩和窗帘，作为我作恶多端的证据。瞧瞧我七八岁时都做了些什么：把好看的床单偷偷地剪下一大块，裹在腰上当裙子；裁一截带花朵的被罩，披在身上做上衣，必须披出有宽宽的水袖的样子；窗纱的花边剪下来被我做成了飘带。我把毛巾顶在头上，假装自己有披肩的长发，然后学着电视剧里的古代美女，迈着小碎步，走到正在喝茶的爷爷跟前，屈一下膝，说："给皇上请安。"爷爷惊得一口茶喷了出来。

我爸向我妈告状："快看，你闺女又在作妖了！"我妈愣了一下，第一时间冲向自己的卧室，再冲到客厅四处打量，不出一分钟，我就听到她的惊呼："我新买的窗纱啊！我让你再作妖……"没办法，谁让窗纱那么像古代女子身上的飘带呢？幸亏我妈还没发现床单也被我剪了。

那时，与我同龄的小孩都喜欢穿背带裤，因为很洋气。我比较有个性，喜欢古装，但我妈管这种装扮叫"作妖"。

小时候，我常常在家看古装剧，一看就是一整天。电视剧《神雕侠侣》里小龙女的穿着曾一度让我痴迷到无法自拔，于是，家里的白色布料都遭了殃，无论是盖电视机的白色绸缎，还是妈妈的白色纱巾，抑或白色的褥子，都留下了被我的小美工剪剪过的痕迹。为了打扮成小龙女的模样，我家像是刮过一场龙卷风。

我自己折腾还不够，还叫上几个小姐妹，大家一起偷家里的窗帘、床单、纱巾等好看的布料，一个个都打扮成古人的样子，上演一些"宫廷戏码"，把过家家玩成"宫斗版过家家"，把那些挂着鼻涕的男孩们看得一愣一愣的。

有时候，我破坏得过了头，爷爷也会摇头叹气，拎着鸟笼子"适时地"出门遛鸟。于是，失去庇护的我免不了被我妈暴揍。我爸一般是不出手的，他说男人不能打女人，这是他的原则。但是，当他看到自己千里迢迢带回来的真丝睡袍上那个浑圆的大洞时，原则性就不那么强了。

每到过年，我都会有一次自己挑选新衣服的机会，我特别想要电视剧里那种衣袂飘飘的古装，但是我妈和我逛遍了商城也没有找到。直到妈妈逛累了，不耐烦的情绪开始疯涨，最后直接把我随便拽进一家店，选一件她觉得好看的衣服，套在我身上。店主当然会夸："哇，这件衣服简直就是专门为你女儿做的，你看看这款式、这颜色，真是太适合你女儿了！快让小美女照镜子看看，就像小明星一样……"在我被拽去照镜子的间隙，我妈爽快地掏出了钱包。

有一次去同学家玩，看到她桌子上的相框里有一张古装艺术照，我的心里便燃起了火焰——原来，照相馆里就有这样的衣服！我回到家，又是扫地，又是洗碗，想方设法地讨好我妈，想让她带我去拍一套古装艺术照。结果，虽然我妈同意了，但我发现不是所有照相馆都有古装，她带我去的那家照相馆只给我拍了几张洋气的艺术照，什么小礼帽、红纱裙……说多了都是泪。

现在，看到街上有小姐姐穿汉服，我就会想起自己的童年时光，如果那时也能买到这么多古装，也许我就不会因为搞破坏而挨揍了。

但是，如果小时候轻易就能买到，我还会对它那么痴迷吗？我不知道。小时候，我喜欢古装真的就是因为单纯地觉得好看，并不知道文化赋予它的意义。当小小的我披上自己做的不伦不类的"古装"时，就感觉自己一下子超凡脱俗了，背也挺直了，神态也娴静了，就连步子也优雅起来。这就是汉服最初带给我的最直观的感受，像是一种无声的力量，引导着我做一个温婉、娴静却又不失坚强的姑娘。

考大学报志愿的时候，家人一致让我报服装设计专业，我爸说："这孩子打小就喜欢折腾布料，剪坏了家里不少东西，应该有设计服装的天分。"我妈说："我倒不指望她能做什么出名的设计师，只要学成回来能把那些被她糟蹋的东西补好就行。"我当时被那本密密麻麻写满大学和专业的志愿填报指南弄得云里雾里，被他们这么一说，就报了西安一所大学的服装设计专业。

之前，我还有一个很不专业的疑问：为什么古代的衣服要叫汉服？它们不全是汉代的衣服呀，还有其他朝代的。后来，我们上了一节中国服装史专业课，老师把从古到今的服装一个朝代一个朝代详详细细地讲了一遍，我才明白原来汉服不是指汉代的衣服，而是从黄帝时期流变至今的服饰，它贯穿中华上下五千年，是我们的民族服饰。

我的大学生涯满足了我童年没有作完的妖。

上美术基础课，我临摹的效果图全是汉服，路过的同学你看一眼，他看一眼，我就有了"王半仙"这个别称。

上美学课，我明白了"服装是思想的外化"，汉服在文化艺术、音乐舞蹈、诗词歌赋、琴棋书画等方面，都是最能与中华传统文化相通的。在历史的传承与发展中，汉服充分展现了古人"仁、义、礼、智、信"的道德内涵，更是崇善尚美的中国传统服饰艺术的重要象征。

上服装设计课，我另辟蹊径，在汉服上做了一些小改动，把丝绣改成贴钻，把盘扣改成拉链，把及地长裙改成百褶裙，最后配上一件带着银丝的闪闪发光的透明斗篷，可每个看过的人都摇摇头，"尬笑"着走开。我站在自己的作品前面，像小时候站在愤怒的我妈面前一样慌乱。我反思了一下自己的狂妄——流传了几千年的东西，怎么能在我的手里被改得面目全非？尽管汉服的中规中矩与现代社会很不相符，但是，它依然能像千年以前那样回到街头巷尾，为我们续写传统文化。以不变应万变，这才是它的魂。

毕业以后，我并没有从事与服装设计相关的工作，而是拿起笔写山、写水、写时光。有时候我也写一些武侠或者古风小说，光是想象身着汉服的侠客们在刀光剑影里穿梭，就能让我写出无数动人的情节。

我想，无论是小时候披着窗帘作妖的我，还是现在穿着汉服执笔创作一个个美丽故事的我，那股对汉服的痴迷劲儿就如同汉服的静美，从来都没有改变过。

历史学，想说爱你不容易

靳潇飒

前追秦汉，后读唐宋：从英雄情结和武侠梦开始

每个男生心中，都有英雄情结和武侠梦，幻想着自己驰骋疆场、建功立业，变身侠客劫富济贫、除暴安良。我也不例外，少年时对《三国演义》爱不释手，对"一吕二赵三典韦、四关五马六张飞"的排名倒背如流。

似乎从那时起，我便在内心种下了热爱历史的种子。为了知晓三国前后的历史故事，我前追秦汉，后读唐宋，从一本地摊上淘来的《上下五千年》中熟悉历朝历代的兴衰更替。蒙哥真的是被神雕大侠杨过所杀？袁承志真的是督师蓟辽的袁崇焕的儿子？康熙皇帝下江南真的是为了寻找韦小宝？为了弄清楚金庸武侠小说里这些虚虚实实的故事，我又开始对应地去追各个朝代的历史。当其他孩子缠着家长要玩具时，我却拉着父母走进新华书店去买通俗版的《史记》《汉书》

与《三国志》。

就在这样的初步阅读中，"春秋战国秦两汉""三国两晋南北朝""辽宋夏金元明清"的朝代轮廓逐步在我脑海中形成。初中开设历史课后，我突然发觉自己的历史成绩竟然在班级中名列前茅。

孩童的心思，大概都是在哪一领域较为突出，便会对这个领域抱有长久的兴趣。长此以往，中学六年的时光里，我总是在历史课堂上最为活跃，而这也深深影响了我未来的路。

高二文理分科时，我因为喜欢历史义无反顾地选择了文科。高考填报志愿时，又义无反顾地在所有志愿栏里全都选了历史学。就这样，我正式开始了历史学海的个人修行之路。

多读书厚养气：修炼之路并不易

大学四年，我在一座南方小城里一所大学的历史系度过。起初，我抱着一整套《明朝那些事儿》进大学，以为可以通过这些收藏征服同学，但事实证明我还是太天真。当舍友默默地拿出《天朝的崩溃》《万历十五年》等书时，我觉得自己"输了"。

在我看来，大学历史系的学生分为三类：一类是从其他专业调剂过来的，其兴趣爱好不在这里；一类是已经有了些许历史学功底，想要在这个学科里做出些成就的；还有一类便是不知自己想要做什么但又对历史感兴趣的。

这三类人中，第一类毕业后大概会放弃历史；第二类心无旁骛、放弃一切活动只为读书，最终大部分选择读研深造；第三类则最为复杂，有的选择考公务员，有的选择教书育人，有的兴趣点逐渐转移至哲学、法学、文学等其他交叉领域，最终走向他路；还有的会慢慢被第二类人所感染，进而考研深造，真正开始自己的修行。

如果说我的大学室友是第二类人，那我就是被他所影响的第三类人。慢慢地，我们在学校形成了自己的小圈子。在这个圈子里，我开始对费正清、魏斐德、孔飞力、史景迁等海外汉学家熟悉起来，也开始知道什么叫"冲击——反应"模式，什么是"中国中心观"。遇到一群志同道合的同学后，我在大学的日子便明朗了很多，上课坐前排奋笔疾书，下课围着老师讨论问题，早早立志考研深造，人生不再迷茫。

本科的课程是较为庞杂的。前两年主要学习通史：中国史、世界史和史学理论；大三开始学得杂了，有文化遗产保护、历史人类学、文化人类学这样跨学科的课程，甚至还有岭南文化史这种带有鲜明地域特征的课程。

当时令我最头疼的是埃及史和印度史，因为期末考试的名词解释题需要记忆大量名字，从埃及的埃赫那吞、阿蒙霍特普四世、哈特舍特谢普太后，到印度戒日帝国的曷罗阇伐弹那、波罗帕羯罗伐弹那，每一个名字读起来都那么拗口，对着湖面背书时，感觉自己仿佛在练习相声贯口。

每次考试凭借死记硬背的功力，倒是可以拿到一个较为不错的分数。但若想继续修炼下去，仅凭这点背书的功夫就很难了。想要真正达到太史公司马迁说的"究天人之际，通古今之变，成一家之言"的境界，可谓难上加难。

因为你必须阅读大量档案、方志、奏议、书信、日记、报刊等一手资料，之后才能建立起对这门学科最为粗浅的认知。在此基础上想

"成一家之言"，更需勤奋努力地阅读学界前辈的著作，并靠自身天赋去突破和创新。历史学修行之难，可见一斑。

从硕士到博士一路前行：在纷繁中坚守初心

自读研至今，一晃已有七年的光阴了，我的修炼之路也曾中断过。硕士毕业那年，我面临人生抉择：是就此进入公务员队伍，还是继续读博深造？因为家人的期许、现实的需要，我放弃了在北京师范大学继续攻读历史学博士学位的机会，选择了工作。

但走上工作岗位后才发现，自己已然与那苦中作乐的历史学专业分不开了。读研期间，我与老师一起发起了"吕振羽史学读书会"，毕业后还是忍不住回去参与讨论。在手机上看到历史学名家在高校办讲座的推送消息时，下班后会急匆匆地赶去聆听。如此种种让我意识到，自己的心不愿离开这个领域，于是再次选择读博，继续深造。

回首自己走过的路，我才发觉，曾经看过的风景早已融入灵魂和思想。硕士毕业论文选题时，我想起了儿时看过的金庸小说。金庸在创作首部武侠小说《书剑恩仇录》时，将自己家乡浙江海宁当地耳熟能详的历史典故润色加工、引史入稗，塑造出陈家洛、福康安与乾隆皇帝之间扑朔迷离的关系，把历史人物作为整部小说的结构支撑，既传达出自己的历史观念，又让武侠传奇故事显得真实可信，并非真实却胜似真实。

这种选题意识影响了我，我开始模仿金庸，选取自己家乡在民国时期的名人轶事和传奇典故，将这些故事整合起来，佐以档案资料的支撑和历史观点的分析，竟洋洋洒洒地写出了十几万字的论文，虽是硕士论文，却已达到博士论文的字数。

更为珍贵的是，历史学教会了我很多做人的道理。钱穆先生在《国史大纲》序言中说，要对历史持一种温情与敬意，我便开始不再简单地将历史人物区分为好人和坏人，回到历史现场，思当事人所思、想当事人所想，思想便不会极端。严耕望先生在《治史三书》开头中说要"工作随时努力，生活随遇而安"，我便去学习他豁达的天性和乐观的情怀。陈寅恪先生曾言："唯此独立之精神，自由之思想，历千万祀，与天壤而同久，共三光而永光。"我便暗自以此语告诫自己，无论治学还是做人，要保持独立思考的能力，不盲从、不跟风。

速成从来就不是历史系的风格，它在如今功利型社会中似乎变得没有市场，但也正是如此，它身上的很多"特质"才显得更加难能可贵。纵然历史学是冷门学科，但我仍愿坚守此地，因为它是我的内心给出的选择。

人生不公平，但生活是公平的

闫晓雨

认识羽毛那年，正是我青春叛逆期里最灼人的一段日子，听不进任何劝告，整个人随时都处于即将崩溃的状态。秋风过境，我将没做完的数学试卷通通折成纸船，一艘一艘扔进木桌箱，混着未拆封的零食、小说，以及被白色耳机线裹成茧状的微型MP3，在校服的遮掩下，给自己杂乱无章的"坏学生"灵魂冒昧地建了座"赌场"。

那个年代里，我们高中有着严格有序的班级分等，从尖子班、重点班到加强班，再到普通班，完全象征着一个孩子的"校园荣誉感"。而这个所谓的评判依据，则是我们每月月末的月考成绩。每半年进行一次排名总结，按照综合成绩高低来进行固定区间的划分，比如排在年级前50名的，可以留在尖子班；从第51名到150名的，可以去重点班……以此类推，最终赤裸裸地把每个学生的成绩都置于日光之下。

而我，作为一名刚刚从尖子班"滚到"重点班的"差生"，也意味着，在所有人眼里，我将失去考重点大学的资格。那个时候的我开始变得特别消极，时常唉声叹气。渐渐地，我开始在一本又一本的日记里堆砌出幻想的辞藻，学会了放纵、麻痹、懒惰，以沉默对抗无能，自暴自弃地浪费饱满的光阴。

羽毛就是这个时候以新同桌的身份出现在我身边的。

起初，我没有太在意身边这个瘦瘦弱弱的小姑娘，因为看起来她总是把大部分时间都投在做习题和记笔记上，秉持着"拒绝和好学生做好朋友"的狭隘观点，我选择自动疏离主流。照常理来说，日子如果就这样一声不吭地过下去，若干年后的我们，可能并不会记得当初自己还拥有那样一个同桌……转机出现在新班级的第一次月考之后，老师照例在班会上公开宣布大家的成绩。羽毛和我的名字是依次出现的，一前一后，并列班级倒数第 20 名左右，这个名次，实在是很不理想。

这样的成绩，对每日埋头苦读的羽毛来说，太不公平了！要知道，在当时大环境的认知里，以这般下苦的程度，成绩单绝对不会辜负她。可偏偏羽毛的努力就是要比其他人事倍功半，面对我的愤愤不平，羽毛倒毫不在意地宽慰起我来："其实人生确实很不公平，有人生来就聪明、富有、领悟能力好，有人生来就愚笨、贫穷，各方面条件都不优越。可是，这并不影响我的生活呀，我还是会努力去做好该做的事情，我还是会很用心地记住老师讲的每一条解题思路……尽管就是考了原题我还是漏洞百出。"

那个时候我才知道，羽毛不是本地人，她出生于附近一个以贫困闻名的村子里。

她的成绩总是不太好，是因为被英语拖了后腿。而这，并非因为她偷懒。事实上，羽毛真的很努力，每天上早自习我都能听到她大声背诵单词的声音。她之所以学不好英语，主要是因为村子里的教学条件实在不好，在城里的同学已经能熟练用简单口语对话的时候，羽毛才第一次见到 ABC。转学到城里之后，有同学曾取笑羽毛的奇怪发音，但羽毛依然会在课间时坐在座位上大声朗读英语课文，眼角眉梢都是喜悦。

"你可能觉得我挺笨的，可这，就是我喜欢的生活啊。"许多年后，我还是能记起羽毛说这话时的那种眼神，温柔、有力，像个敦厚可亲的长者。

我们相熟之后，羽毛开始给我讲她的过去——那个小小的村庄，是她内心最汹涌的渴望。"我们村啊，有很多高高的烟囱，冒出的炊烟在傍晚跟做操似的，齐刷刷地随风做出指定动作。我很想带你爬到我家屋顶去看缓缓的落日，真的很美……"那个时候的我，看着如此陶醉的她，其实并不能完全体会"故乡"这两个字真实的分量。

羽毛从老家到城里求学，住寄宿学校，吃学校食堂，捉襟见肘的家庭收入实在负担不起多余的开销。羽毛的零花钱屈指可数，学生时代的课间，大部分女孩都会将零用钱贡献给货品齐全的小卖部，可我从没有见羽毛吃过一根冰棒。她最喜欢的事情就是休息时拿铅笔在纸上画出五子棋盘，然后我们各执一笔，走走擦擦，在皱皱巴巴的本子背面快意江湖。

没有潮衣潮鞋，她就素衣整洁。

没有那么多懵懂少女的缠绵情话，她就歪着头给我讲故事。

她好像从来不在意自己贫苦的出身、落魄的成绩。她的口头禅是："努力就好，开心最重要。"她把领到的贫困生助学金大部分寄给父母，还不忘买些小礼物给朋友，然后自己继续穿着洗得发白的球鞋在操场上跑步。从她身上我第一次意识到，原来青春真的可以如此平凡美好。和她相比，我的自暴自弃和故作姿态都显得极其苍白。正如柏拉图所言："我们一直寻找的，却是自己原本早已拥有的；我们总是东张西望，唯独漏了自己想要的，这就是我们至今难以如愿以偿的原因。"

不是每一段励志故事都能成为传奇，也不是每一次努力都能收获成功。

从那以后，我和羽毛之间有了一个秘密的约定：我把自己写满心事的日记本给她，她把整理好要点的笔记给我。我们在起风的下午，透过倾城日光交换着少女时代最单薄的能量。

高考前夕，我收到羽毛还给我的日记本，在上面最不起眼的位置，她悄悄写了一个"加油"，还配上一个傻兮兮、充满善意的笑脸。

成绩出来后，我再没有了羽毛的音讯，她没有手机，不玩社交网络，也没有在小镇上的固定住址。也是很久以后，我才听说，她考上了北京一所不好不坏的大学，毕业后，她选择回到家乡支教，依然过得不算富裕，没有做世人眼里的"精英"。可我知道，在那个青烟与落日栖息的小村庄里，羽毛应该是过上了自己真正喜欢的生活。

我承认，在这个世界上，的确有一些"不公平"是谁都无能为力的。

现实是残酷的，机会是有限的，摔倒是正常的，多看两本书不会让你立刻变优秀，多走几段路仍旧追不上别人的高起点。长大后的我们，不会遇见超人、英雄，没有实现江湖侠客梦，唯一的欣喜，只剩自己曾经为喜欢的事物努力留下的印记。

可这些，并不足以撼动我们对快乐的追求。

把人生交给命运，把生活还给自己。

尽管我清楚贫富差距的存在，但仍相信为未来努力很有意义。

尽管我了解天赋不同，但仍愿意追逐自己喜欢的事物。

尽管我明白应该扬长避短，但仍不惧怕做自己后的任何坏结果和失落。

谁都不能决定自己的出身，但这不代表我们不能改变自己的人生。青春啊，就像吃饺子，如果不用力咬下去，根本不知道里面包裹着的是你喜欢的白菜猪肉馅儿，还是你讨厌的韭菜鸡蛋馅儿。

此后，我再也没有见过羽毛，但仍要感谢她教会我对这"不公平"的人生说——拼不过上天的垂青，就以凡人的姿态快乐下去吧。

十五岁，惊心的辉煌

朱　纪

　　上高二那年，我才十五岁，可是日子已经过得无比灰暗了。那天早上，我躺在床上，想着即将来临的期末考试，想着高三还有漫长的一年，被一种绝望的情绪攫住，我哽咽地反复念叨："我不想考试了！我不想考试了！"

　　对我这次突然给他出的难题，我爸只用了两步就解决了：第一步，和老师协商好，同意我开学的时候补考；第二步，送我去南方姑姑家过暑假，换换环境，"回来好好努力"。

　　在姑姑家的那些日子我一直是灰溜溜的。直到有一天，姑姑、姑父说带我去江边游泳，我才真正高兴起来。

　　到了长江边，我兴奋得把什么都忘了，抱着游泳圈在河滩上跑来跑去。姑姑问我："会游泳吗？"我傻笑着直点头，生怕姑姑不让我下水。我看见在附近江面游泳的人太多，而稍远一处的江面上一个人也没有，就拔腿奔过去，"扑通"一下跳进水里。

　　突然，水里好像有一种奇怪的力量抓住了我，我的心头一慌，本能地想游回岸边。我其实只在游泳池里扑腾过几回，这时慌张得只会手脚并用地胡乱拍水。但那股力量紧紧抓住了我，不动声色地一寸一寸把我向后拉，我不停地挣扎，却无法朝岸边游去。在恐惧中，一种似曾相识的绝望袭上心头，我不想再动，灰色的日子既然永无尽头，何不早点放弃呢？这是瞬间的念头，水里那股强大的力量已拉着我急速向江心滑去。

有一段时间我的脑子里几乎是停滞的，只是下意识地抓着游泳圈，有水灌进嘴里的时候，就仰起头。似乎过了好久，我终于意识到自己已经身处江心，正被江水中的暗流带着向下游漂去。天色渐渐暗下来，我离岸那么遥远。江水一眼望不到头，除了水声，空气中一片沉寂。当我一个人在冰冷而陌生的江水中沉浮的时候，一个念头竟然固执地占据了我的脑海："我的成绩一定可以再上去的，只要我重新开始努力，我完全做得到。"这个念头是那么强烈。我突然感到从来没有一个时候像此刻这么相信自己，像此刻这么渴望回到学校。我坚信如果再给我一次机会，我会把所有的事情都做好……

可是单薄的塑料游泳圈已经瘪下去了一大半，我的身体开始慢慢往下沉。

泪眼婆娑中我看到一艘轮船向我驶来，船上的人大声呼喊着我的名字。那船足有十层楼那么高，船舷上垂着一根白色的粗大绳索。我难以抑制地放声大哭起来，身边的江水一波一波地开始晃动，我的手伸出去，触到了那根白色的救生索。

轮船开回码头的时候，我看见人们密密麻麻地站在沙滩上，当看到甲板上穿着红色泳衣的我时，人们忍不住欢呼起来。船长叫我向沙滩上的人挥手，我怯生生地挥了挥手，像做梦一样。站在高高的轮船上，众人瞩目，在我短短十五年的生命里，还没有这么辉煌过。

　　落水事件一年后，我考上了大学。"生命不会永远都是黯淡的"，这个信念一旦被一个落水的小女孩牢牢记在心里，她的人生也会因此发生改变。

那些日子简单如指环

田 俊

　　"小小少年，很少烦恼，但愿永远这样好。一年一年时间飞跑，小小少年在长高……"少年时代的我初识愁滋味，却正是因为自己总是"耸立"在人群中，恨不得像可折叠刀具一样可以随时缩进某个角落。这份黯然神伤，也为我带来一段人生中旁逸斜出的运动员生活。

　　区体校的教练从学校田径队里选中我们组建篮球队的时候，我们满心欢喜。当时《排球女将》正在热播，小学女生们至少梳过一次小鹿纯子的发型。哪怕像我这样长年留短发的，也勉强尝试过。我们更想像纯子一样，一个跟头翻到半空，来一招"晴空霹雳"。虽然我们隐约有些疑惑：这个跟头的意义在哪里？重点不就是击球嘛，为什么不把翻跟头的力气用在增强手臂力量上？

　　本以为成为篮球队员，就可以练"晴空霹雳"，可以留长头发梳纯子的发型。谁知"篮球""排球"一字之差，却谬以千里。排球要千方百计地把球推到别人的场地上，篮球却要将球掌控在自己手中；排球队员守在自己的半场，篮球队员却是不折不扣地满场飞。留长发也当不成小鹿纯子，只怕会成为同样热播的《射雕英雄传》里的梅超风。

区体校组建女篮队，是为了迎接全市小学生篮球赛。对此，我爸妈也是乐见其成。当时的我只长个子不长肉，爸爸妈妈总觉得我瘦就是弱，但凡有运动队想招揽我，就极力地推波助澜。所以我好像从一二年级就开始在田径队里练跑步、跳高。可是我真的没什么运动天赋，印象中我从没有代表学校参加过比赛，更不存在带伤坚持之类的"英勇事迹"。被选进篮球队后，我继续"打酱油"。号称球场灵魂人物的控球后卫和得分后卫、防守卡位、冲锋在前的大前锋，以及重要得分手的小前锋都轮不到我。我始终是"前不着村，后不着店"的中锋，还是仰仗微弱的身高优势。

从学习运球到最终参赛，在我的记忆里是一段漫长的光阴，仿佛经年累月，以至于留在指根的茧时至今日尚有迹可循。运球靠手指和手掌边缘触球，训练结束伸出手，只有掌心雪白。我的两只手各磨出四粒硬硬小小的茧，我并没有太多感触。早在一年级，可能是握笔姿势不正确，我右手中指上就长了茧，看上去像多出了一小块肉。我没有想到，小学生篮球赛结束后，我打篮球的次数屈指可数，可这八粒茧就像那颗写字时不断磨出的茧一样，赫然在目，仿佛是刻意为我的运动员生涯所做的标记。

身在校园，时间的科学计算并不复杂，只要参考学期、考试、寒暑假等立刻就能得出正确答案。我记忆中的"漫长光阴"，其实一年都不到。

说是运动员，其实和普通学生唯一的区别就是在放学后，他们回家玩，我们去球场玩。最大的区别形成于正式比赛前的两个月。为了加强训练，体校安排我们住校。

搬进体校那天，收拾完宿舍，我们在晚饭桌前坐下。等待饭菜端上桌的空当，一向冷面无情的教练照例板着脸重申遵守纪律、认真训练、赛出好成绩等事项。一片鸦雀无声中，笑眯眯的助理教练温柔地说："两个月很快，但等你们长大后，一定会想起这两个月。因为这两个月和你们人生中其他的每一个月都完全不同。"

那时候我对"完全不同"的理解，是不能住在家里，不再被拘于爸爸妈妈的视野之中。毕竟是第一次离开家，我有一点点想家，但真的只有一点点。体校离我家步行只需 5 分钟，只要我愿意，上学放学路上随便拐个弯就能到家里吃个煮鸡蛋。我从小就住在这里，常常和小伙伴聚在体校的围墙边玩，一边捉迷藏，一边听里面传出篮球砸在水泥地上的咚咚响。搬进来住，仿佛从家里的一个卧室搬到另一个。何况 12 个同龄的女生住在一起，叽叽喳喳全是最有趣的话题，那"一点点"想念亦如雪入温泉倏忽不见。

第二天一大早，天还没有亮透，我们就被叫起来练习投篮。罚球线定点投 200 个，三步上篮 200 个——是的，这是两个无比巨大的数字，而且命中才算数。我们从 1 开始数，因为"手滑"卡在某个数字始终不得进展的时候，都在暗暗期待饿晕在球场上，就像小鹿纯子跟腱受伤一样，黯然而唯美地倒下去。

我当然没有倒下去，我们谁也没有倒下去。我记不清每天是如何完成这 400 个定额动作的，却记得早餐胖乎乎的发糕上翠翠艳艳的红绿丝，和热气腾腾的最好加两勺白砂糖的豆浆，趁糖粒还没有完全融化就喝完，把糖粒滞留在牙齿间咯吱作响。还有到其他区进行友谊赛时，教练们应该在暗暗估计对方实力，而我们更关注赛后的犒赏——

冬天是撒了葱花榨菜末的小馄饨，夏天是绽放微笑的娃娃头冰激凌。想起来，都是质朴而淳厚的幸福味道。

是不是因为我们如此的"漫不经心"，那个赛季的结果并不圆满，我们的夺冠之路止于四强赛。同样，我没有继续长高，不再符合运动员的合格高度，按部就班地考学、毕业、工作。那一段宛若闲笔的"挥汗如雨"，却在我接下来的人生历程中，"横看成岭侧成峰"。

我记得教练寓言般的话语："跑起来跑起来！赢球关键不在持球队员，在于整个队伍的跑动。"我记得入队很晚的小个子后卫，一上场气场全开，很快逆袭成为主力；记得强忍疲累完成作业，正为要不要洗澡而纠结的时候，听到队友一丝不苟地朗读课文，欢快地一人分饰多角；记得汗流浃背奔向宿舍，路过宁静清凉的围棋室，隔窗对视时相似的羡慕与好奇……

这也许就是少年时光的神奇，那些日子简单如指环，等你读懂其中的隐喻与启迪，才知道岁月已经颁给你了一枚勋章。

爸爸给我的三个礼物

古　典

我来说说爸爸给我的三个礼物。

第一个礼物是眼界。

爸爸是矿物勘探工程师，工作方式大概是先炸开岩石表面，在上面打一个孔，然后取出岩石样本，看样本就能知道里面有没有矿。有矿就挖，没矿就撤。这项工作要不断地在全国各个城市间转换，不会长期停留在某一地。在我看来，这项工作就是不断地坐火车。

我3岁的时候，妈妈要读电大没时间看管我，爸爸就把我带在身边，我们一起坐火车。上小学面试的时候，老师问我去过哪里，我说除了西藏和新疆，国内基本都去过了，老师大吃一惊。

但一个孩子哪里能记得那么多地名呢？我只记得一节节绿皮车厢和一座座矿场。

那时火车开得慢，从长沙到广州要一个晚上的时间，出差真的是一场旅途。在火车上，聚集的人们像过节时串门的远房亲戚，几个小时就亲近起来。叔叔阿姨给我零食吃，我则像献宝一样表演背诵刚学会的唐诗。

矿场更是我的乐园。一到矿场，爸爸就把我丢在招待所，自己下矿去了。矿上工作的阿姨们会忍不住跑去食堂打平时舍不得打的肉菜，摆在我的面前看着我吃。

等我爸爸工作十几小时回来，常常会看到我在暖气边睡着的样子，而我手边遗落的是别人塞给我当玩具的轴承或矿石。我的嘴边油光滑亮，脸上全部是黑手印——每个矿工叔叔经过我，都会忍不住要在我脸上捏一下。

就是在这样的旅途里，我看到过大半个中国。从城市到乡村，我见过很多人，接收到很多爱，尤其是来自那些最朴实、最勤劳的人们的爱。

后来到了深圳，爸爸有很多好朋友，常来家里聊天，让我的眼界丰富起来。他们让我觉得，哇！这个人很有意思，这个人好厉害，这个人我很喜欢！在爸爸的朋友圈中，我接触到了很多不同的人和事。

第二个礼物是勇气。

高中的时候，我想考飞行员，别人的爸爸会觉得飞行员太危险、太辛苦，我爸说："咦？这个带劲！"后来我因为身体条件没考上。当年，深圳大学有个很好的专业，以我的高考成绩肯定能上，那么我选学校是选离家近的，还是离家远的？爸爸毫不犹豫地说："上大学，越远越好！"

上大学时我要骑车去北京，路上不太安全，会遇上洪水，还可能遇到车匪路霸，妈妈坚决不同意，让我爸劝我。我爸说："你妈不同意，我们觉得你还是不要骑车去了。不过，你在路上要注意安全啊！"

再后来我离开深圳，开始北漂。很多人对一个拥有深圳户口的人去北京打拼感到不理解。我爸说："北京是个好地方，值得去看看。"

我去新东方讲课，备课要用一台笔记本电脑，当时要 15000 元，这在 2002 年是个大数字。我爸给我寄了钱，说："这是借你的，以后要还。"

再后来我离开新东方去创业，家里人完全不知道我干的是什么，爸爸对亲戚解释说："年轻人要多尝试，挺好的。"

当我面临人生选择时，爸爸总是站在需要更多勇气的一边。远还是近？远！大还是小？大！难还是容易？难！从来没有动摇过。在他的支持和鼓励下，我的路也就越走越宽。

第三个礼物是一个好身体和良好的学习习惯。

我体能挺好，有耐心，有韧性，这都是父母给我的。我年轻时很能熬夜，熬好多天，睡一觉就能满血复活，这本事也来自我爸。

有段时间，爸爸要考高级工程师，我则要小升初，妈妈好像也要学习。我们怕外人打扰，便把客厅的大灯关上以示家中无人，三个人每人一盏台灯，躲在家中看书。

妈妈时不时给我递个水果，顺便检查我有没有开小差看小说。爸爸看累了，就过来摸摸我的头，等我睡觉了，他就开着台灯在我床边看书。我们度过了很多个这样仅亮着三盏台灯的夜晚。

想想爸爸给我的这三个礼物：眼界、勇气和好身体及学习习惯，一个人拥有了这些，还有什么地方到不了呢？

旅行家

徐 威

在许永永说他的理想是做一个旅行家而不是科学家的时候，我们都愣住了。事实上，我们连旅行家是什么、要干什么都不知道。

老师站在讲台上，饶有兴趣地问："许永永，你为什么想做个旅行家？"

许永永大声说："因为杨镇的天空实在是太小了。"

那时候，我们读小学五年级。

在我长大之后的很长一段时间里，我坚持认为，许永永说出的那句豪言壮语，包括我在内，我们班的同学没有一个人懂。

后来我们把许永永叫作"旅行家"，一个带有嘲笑意味的外号。我们问："旅行家，什么是旅行家啊？成天去旅游的人吗？"

许永永用脏兮兮的手从书包里取出一张破旧的地图，摊开后，用食指指着说："我要去这儿，这儿……"我清楚地记得，许永永指了八九下。他把整个世界都指完了。

许永永说完，我们便都不说话了。那时候，我去过的最远的地方，也仅仅是几十里外的县城。

升入初中后，我一直和许永永同班。初一那年，我们写一篇作文，题目是《我的理想》。那天，许永永在课堂上念他的作文："我的理想是做一个旅行家，我要走遍世界……"

当时我们已经知道七大洲和八大洋，所以我们笑得更加理直气壮。马晓波起哄说："你知道这个世界有多大吗？你能走得完？你怎么去？骑着猪去吧！"而后是哄堂大笑。

我没有笑。课间10分钟去上厕所的时候，我对许永永说："我觉得你能行。"他说："我知道，我一定能行的。"

在一个红霞满天的黄昏，许永永悄悄地把我拉到操场上，他从口袋里掏出那张破旧的地图，说："我一定能成功的。你看，这儿。"

他指着亚洲板块说："我先把亚洲走完，再去其他的地方。"

我说："亚洲也很大啊。"

他指着雄鸡状的中国地图说："没关系，一个一个来，我先把中国走完。"

我说："中国也很大啊。"

他说："没关系，一个一个来，我先把江西省走完。"

我说："江西省也很大啊。"

他说："没关系，一个一个来，我先把赣州市走完。"

我还想说，却突然停住了。我似乎在那一瞬间，领悟到了许永永无比澎湃的内心。我说："你先把杨镇走完吧。"

许永永的眼睛又亮了起来，他说："是啊！我已经走遍杨镇所有的村庄了。接下来我就要走出杨镇啦！"

说完他又从裤兜里掏出一张草稿纸，摊开给我看。他说："这是我自己画的杨镇地图。以后我要画无数张地图，把我去过的每一个地方都画成地图。这是第一张，你是第一个看这张地图的人。"

我深吸了一口气，在那一刻，我感觉到一种光荣降临到自己身上。

初中整整3年，从来没有同学叫许永永的名字，我们都叫他旅行家。但他一点儿都不在乎。我也叫他旅行家，不过我觉得我叫的旅行家和他们叫的不一样。这一点，许永永知道。

许永永每天都在跑步。他跟我说："要做旅行家，必须有个好身体。"于是，他早上绕着学校边的公路跑，跑到变电站再跑回来。一来一回，大约10公里。下午他就在操场跑，一圈又一圈，直到天色暗下来。马晓波笑他："看，我们的旅行家看来要跑遍世界啦！"

环游世界的梦想尚未启动，许永永已经连续3年夺得我们学校的长跑冠军。在初三那一年，他破了纪录，是市里的长跑纪录。县里的高中来人了，说许永永你不用考试了。我们知道，这是特招。当时，我们全班都轰动了，连一直取笑他的马晓波，看着许永永的时候也流露出羡慕的眼神。

初中毕业后，我顺利考上了高中的重点班，之后上大学，毕业，工作，结婚生子。我与许永永再也没有见过面，但我总能收到他的信，信封里面总有一张手绘的地图。偶尔还有几张他的照片，在海滩的，背着大背包徒步行走的，站在长城上的，在黄沙大漠里的，在大草原上骑马的……地图上出现的地名离杨镇越来越远，远到我必须去查资料，才能知道许永永是在地球上的哪一个角落里留下的脚印。

最近的一封信里是一幅精心绘制的中国地图，上面标着密密麻麻的小点。看着地图，这一个个点仿佛都变成了许永永黝黑的洋溢着幸福的笑脸，它们散发着如同太阳一般耀眼的光芒。

在地图下方，许永永写了一句话："我马上就要走出中国了，勿念。"